― 書き下ろし長編官能小説 ―

こじらせ美女との淫ら婚活

北條拓人

竹書房ラブロマン文庫

目次

この作品は、竹書房ラブロマン文庫のために
書き下ろされたものです。

第一章　コスプレ未亡人との秘悦

1

「おーい。ボクの女神《ヴィーナス》さま～。いったいどこにいるんだよ～っ！　早く会いたいぞ～～っ！」

夜の海に、青年の気恥ずかしくも切実な願いが虚《むな》しく溶けていく。

むろん、好き好んで雄叫《おたけ》びを上げているわけではない。

この高台は一種のパワースポットであり、真夜中のこの時間、心に澱《おり》のように溜まった想いを大声で叫ぶと、願いが叶《かな》うという噂があるのだ。

だが、大声を出して思いを吐き出し、少しは心が軽くなるかと思いきや、むしろかえってどんよりと重くなった気さえする。

きっと、この天気のせいだ。

初夏を感じさせた陽気は夜更《よふ》けと共に、寒いくらいにまで下がっている。おまけに冷たい雫《しずく》がポツリと頬《ほお》に落ちたかと思うと、梅雨どきであることを思い出したかのようにドッと降り出した。

「うわっ。降ってきた！」

大急ぎでクルマに戻り、シートに体を滑り込ませる。

（もうすぐ二十五にもなるのに、ボクは何をやっているんだ……？）

わざわざレンタカーを借りてまでここに足を運び、都市伝説じみたことにすがろうとする自分が急に愚かしく思えた。

それでも一縷《いちる》の望みをかけ、ここまで来なくてはならないくらい宮内亮《みやうちりょう》にはおんな日照りが続いている。

幼稚園の年少さんまで記憶をたどっても、モテた試しなど一度もない。

少しでもモテたいと死ぬほど勉強をして一流大学に入り、一流商社にも就職したが、三年経《た》っても未《いま》だにその甲斐《かい》はない。

人一倍性欲が強く、おんな好きにもかかわらず、全くおんなに縁《えん》がないのだ。この歳でまだ童貞であり、おんなの子とつきあったことさえない。

（やっぱこのワニ顔では、諦めるしかないのかなあ……）

いわゆる強面《こわもて》の亮は、口が大きくてぱっと見でワニのような特徴の顔をしている。同性でさえも「おっ！」と、一歩後ずさりする程の怖い顔なのだ。自分でも、こんな怖い顔をした奴に近づきたいとは思わない。

これで亮が一たび緊張でもしようものなら、強張《こわば》るその顔は赤鬼そのもので、友人でさえ怖くて近づけないらしいのだった。

そんな貌《かお》で好きな子に告白しても、受け入れられるはずもない。

とは言うものの、女性に好かれたい気持ちは消えるものではない。

少しでも好感を得ようと、身なりを清潔に整え、常に笑顔を心掛けている。にもかかわらず、それはそれで不気味だと言われる始末。挙句、自分でも何をどうすればいいのか判らなくなり、こうして都市伝説にまですがろうとしているのだ。

（にしても、他力本願ばかりでは、どうにもならないよなあ……）

それには、意識改革を行う必要があると自覚している。亮に彼女ができない理由は、怖い顔以外にもあるからだ。

高望みというべきか、面食いというべきなのか、亮には理想とする女性像がはっきりとしている。理想像がすでに目の前にあり、その女性に恋をしているのだ。かと言って、その女性が現実に亮の前に存在している訳ではないところが、ややこしい。

その女性とは、亮が中学生の頃に父がいずこかから家に持ち帰った絵の中に存在しているのだ。要するにキャンバスに描かれた女性像だった。

父が購入したものか、譲り受けてきたものかも耳に入らなかったほど、亮はそこに描かれた女性像に瞬間的に恋に落ちていた。

細密画とか写実画とかと言うらしいその絵の手法は、いまにもその女性がそこから抜け出してきそうなリアリティと繊細さを持っている。

しかも、その絵はいわゆる裸婦画であり、彼女の生まれたままの姿が描かれていたのだ。その美しさと艶《なま》めかしさに、少年期にあった亮は、一気に思春期に突入してしまうほどの衝撃を受けた。

以来、亮はこの世界に実際に存在するのかも判らない女性を〝女神さま《ヴィーナス》〟と崇《あが》め、やるせない恋心を抱いてきたのだ。それもかれこれ十年越しになるのだから、こじらせるのも甚《はなは》だしい。

我ながらそんな自分をおかしいと思うが、どうにもならない。

あまりにモテないせいで、非現実の女性に逃避しているのかも知れない。

それでも恋人は欲しいし、結婚願望も強い。より深刻なのは人一倍、性欲が強いことで、このままでは性犯罪を起こしかねないほどなのだ。

思い余って、風俗店にでも行って童貞を捨ててこようと何度考えたことか。けれど、それもギリギリのところで抵抗感があって、実行できずにいる。

「風俗店がいやなら、もう一度だけアプリを頼ってみよう……」

雨に濡れた頭をハンカチで拭《ぬぐ》いながら、亮はリュックから取り出したスマホを起動させる。

指先で画面をスワイプさせ、ローマ字でCompと表示されたアイコンを呼び出した。

「やっぱ、いかにも怪しげだよな……」

Compとは、complicatedの略であろうと思われる。例えば、こじらせ女子を英語にすると「complicated girl」となるのだ。

そのアイコンに指先を触れると、目をつけていた『こじらせ男女の性癖マッチングアプリ』が起動した。

実は、以前にも亮は、恋活や婚活を目的としたマッチングアプリをふたつほどお試し済みだ。

会員数の多い大手企業が運営するアプリを利用し、マッチングしたお相手に果敢にアタックしたものの、はかばかしい成果は得られなかった。

事前に、その手の口コミやマニュアルなどをしっかりと研究して臨んだものの見事に完敗したのだ。

その敗因も結局は、この強面と女神さまへの恋心が災いしたと分析している。

「怪しいけど、失うものなどないし、運をつけるため、こうしてパワースポットにまで来たのだし……。よし。腹を括《くく》るぞ。このマッチングアプリに賭けるんだ！」

我ながら大袈裟《おおげさ》と思いながらも自らにそう言い聞かせ、そのアプリを起動した。

すぐに『こじらせ男女の性癖マッチングアプリ』と、タイトルが表示される。

紛《まぎ》れもなく、完全無欠に怪しい。怪しすぎる。けれど、その怪しさが、むしろ亮にはピンときたのだ。

頭から眉唾物のアプリだと思っていれば、上手くいかなくともそれほどダメージを喰わずに済む。

迷いなく亮はアプリに促《うなが》されるまま初期登録をはじめた。

アプリを説明するページには、〝SEXからはじめる婚活ライフ〟などと、いかにもキャッチーなうたい文句から書き綴られている。

曰《いわ》く――

当アプリは、いわゆる出会い系アプリではありません。真面目に恋活や婚活を目的としたアプリです。

けれど、せっかく見つけたパートナーと長く寄《よ》り添《そ》い合えるかを考えると、どうしても性の問題は避けては通れません。

誰しもが特別な性癖や好み、フェチなどを持っているものだからです。

それをあらかじめ知り、尊重しあうことが、むしろ長続きするカップルを生む秘訣と当アプリは考えます。

それ故に、〝SEXからはじめる婚活〟を提唱しているのです。

恥ずかしがることなく自らの性癖を披露《ひろう》し、よりオープンなパートナー探しをするために、『こじらせ男女の性癖マッチングアプリ』はプログラムされています――。

妙に頷《うなず》ける文言に惹《ひ》きつけられ、亮は数日前にそのアプリをダウンロードした。

すぐに会員登録を済ませなかったのは、この高台に来て、今度こそ成功を収めるためのゲン担ぎをしておきたかったからに過ぎない。

「これは、目いっぱいこじらせているボクのためにあるアプリなのかも……」

プロフィールを打ち込みながら、改めて亮はそう確信した。

アプリ名に「こじらせ」とあるくらいだから、少しヤバいと自覚のある者同士が出会う場なのだろう。

亮が〝女神さま〟に恋するのは、いわば二次元画像を愛するフェチのようなもの。絵の作者には叱られるかもしれないが、裸婦画もエロ画像と言えなくもない。

このフェチを理解してくれる女性であれば、全て上手くいくと思えるのだ。

登録を済ませると、アプリが絞り出した女性の顔写真が現れた。

当然の如く、写真の多くは、紗《しゃ》がかかりぼやけているものの、何となく輪郭や印象からその雰囲気くらいは見当がつく。

むろん、亮としては、少しでも〝女神さま〟に似た雰囲気の女性を探しては、片っ端からアプローチをかけることにした。

そのアプローチも難しいことはない。簡単なコメントを打ち込んでから「逢《あ》ってみませんか」のボタンをぽちっとするだけなのだ。

どうせアプリに登録した亮の顔写真に恐れをなして断られるのが落ちと、半《なか》ば諦めているから気持ち的にも楽だ。

亮は特に加工したりせず、正味の顔写真を公開している。それは上手く逢えるようになった際に、どの道この顔は知られるのだから、早い段階で相手に自分の強面をわかってもらうためだった。

一通りやるべきことを終えた亮は、高揚した気分のままクルマのエンジンを始動させた。

2

「嘘だろう？　まさか……。顔写真とかもちゃんと載せたしなあ……」

翌朝、目が覚めるとすぐにベッドの中でスマホを確認した亮。すると、なんとアプリを通じて一人の女性から返信があるではないか。

『あなたに興味があります』——との文言は、これまでに受け取ったことのない色よい返事だ。

夜明け間際《まぎわ》に部屋に帰りつき、そのまま寝床に入ったため、目が覚めた時間もいつもより遅い。休日だからそれも問題はないが、頭の芯に眠気があって、思わず我が目を疑った。

「でも、これってガチで間違いない……。興味がありますって、ボクにですか？」

徐々に実感が湧きはじめ、テンションが上がっていく。眠気も一気に吹き飛んだ。

「いやいや待てよ。糠喜《ぬかよろこ》びってこともあるぞ。サクラとかじゃないのか……？」

今一度、目を凝《こ》らしスマホの画面をためつすがめつする。

すると、アプリに返信をくれた彼女のプロフィールが表示されているのに気づいた。

しかも〝こじらせ男女の性癖マッチング〟と謳《うた》うだけあって、しっかりと彼女の性癖までが載せられている。

風早菜々緒《かざはやななお》　三十五歳　未亡人。職業 保育士。

性癖 コスプレ（露出系《ろしゆつけい》）。

とある。改めて、鮮明な彼女の写真も明かされていた。その顔写真を確認すると、亮は、安アパートの壁の大きなスペースを占める写実画に眼を向けた。

「ああ、ビンゴ！　どことなく女神さまに似ている……」

憂いを秘めた目のあたりであろうか。輪郭も似ている気がする。

どちらかと言えば地味目で大人しそうな女性だ。

いわゆるダウナー系の印象ながら、同時に癒し系にも見える。

元々、アッパー系の女性はコミュ障が多く、亮としては苦手なだけに、落ち着いた雰囲気でヒーリングをもたらすような空気感を纏《まと》う彼女には魅力を感じた。

控え目で清楚な印象も好ましい。

「でも、鼻の容《かたち》はちょっと違うかなあ」

スマホをかざし、写真と絵とを何度も見比べては、だらしなくニヤケている。

自分より十歳も年が離れているのは気にならぬでもないが、絵の中の女神さまに中学生の時に恋したくらいだから、亮の年上好きは筋金入りだ。

「ああ、そうか。年上好きも性癖か……。つくづくこじらしているなあ」

独《ひと》りごちながら、どうしようかと思案する亮。本心では、さらなるアプローチを試みようと決めているが、そこはこじらせているだけに何か背中を押すきっかけが欲しい。

そんな亮を見透かしたように、なんと彼女から二通目のメッセージが届いた。

「『私ではダメですか？』──って、そ、そんなはずありません。むしろ、ぼ、ぼ、ボクなんかでよいのでしょうか？」

むろん、いくら声に出してもアプリの相手には聞こえない。

大急ぎで亮は、いまの言葉をそのまま打ち込み、再アプローチを試みた。

『こんな怖い顔のボクなんかでよければ是非、一度デートにお誘いしたいです！』

『顔なんて気にしないわ。私にだって年上で、しかも未亡人という負い目があるもの……』

『そんなこと気にしません。がっつくようで恥ずかしいですが、どうしてもお会いしたいです』

『そんなこと言って、私の他にもこんなメッセージを送っているのでしょう？』

『いいえ。菜々緒さんだけです。って言うか正直、ボクの怖い顔にみんな恐れをなして、返事をくれたのは菜々緒さんだけなのです』

『本当に？　じゃあ私も勇気を出してみようかな……。亮さんとのデート、ＯＫしちゃうわ』

数日の間、愉《たの》しくも探り合いのようなメッセージを何度かやり取りした後、ようやく菜々緒がアプリ上のデートＯＫボタンをクリックしてくれた。

あとはアプリのフォーマットに従い、お互いの予定が調節され、結局、週末の夜に日取りが決まった。待ち合わせ場所などもアプリを頼りに決めていく。

「すげえなあこのアプリ。好みのお店まで予約してくれるのだから、願ったり叶ったりだよ」

菜々緒をどこにエスコートするか迷うこともなく、しかも無用な警戒《けいかい》をされることもないのだから亮としては言うことなしだ。

ディナーの後は、お互いが了承であれば、次のお店に行くこともできるシステムになっている。

ピロリンっとアプリが音を奏《かな》で、正式に初デートの約束が整ったことを告げた。

「やっべえ。本当にデートが成立しちゃったよ。うおおおっ、やったあ‼」

家族以外の女性とふたりで食事するのさえ初めての亮だから、舞い上がらない方がおかしい。

それも至れり尽くせりのアプリのお陰で、余計な心配をすることもなく、期待に胸を膨《ふく》らませていればいいのだ。

「まさか、お逢いしたその日にエッチなんてことはないよなあ……。でも、相手は大人の女性なのだし、もしかして、もしかするかも！」

この分だとデート当日までの三日間、眠れない日が続くだろう。けれど、こんなに高揚した気分を三日も味わっていられるのだから、幸せな悩みに違いない。

明日、デートに着ていく服を買いに行こうと、どこまでも舞い上がる亮だった。

3

「ごめんなさい。約束の時間に遅れて……」

少し離れた位置から、その美貌に違《たが》わぬ美しい声で彼女が謝った。

椅子から立ち上がり出迎えた亮に、足早に菜々緒が近づいてくる。

初対面であっても、互いの顔はアプリの写真で判っているから、すぐに亮のことを見つけたようだ。

「いえ、いえ。ボクも、それほど待ったわけでは」

申し訳なさそうな表情を崩そうとしない彼女に、咄嗟《とっさ》に亮はウソを吐《つ》いた。

あまりに落ち着かず亮は、約束の時間より一時間も早く到着している。

予約の前から席を占領するのは申し訳ないと、コーヒーを注文してソワソワと過ごしていたのだ。

「でも、はじめての待ち合わせに十五分も遅れるなんて、心細かったでしょう？」

なおも恐縮する菜々緒。物腰やわらかく、最初の印象通り癒し系の彼女に、早くも亮は緊張を解《ほぐ》され、自然と口角を上げた。

「実は少し心細かったです。すっぽかされることも想定していたので……。それに、イタリアンなんてほとんど来たことがなくて……。あっ、それよりも、こうしてお店で立っているのもおかしいですし、座りませんか？」

菜々緒に壁に貼り付けられたソファの席を手で示し、自分はそれまで腰かけていた椅子に再び腰を下ろす。

彼女が腰かける間じゅう、亮は未亡人の美貌に見惚《みと》れずにいられない。

アプリの写真で見るよりも何倍も、否、何十倍もその美しさが際立《きわだ》っている。

写真では地味目で大人しそうな女性であったが、今は鮮やかな総天然色に色づいて輝くようなオーラさえ纏《まと》っているのだ。

恐らくは、いつもよりおめかししているのだろう。ドレスアップされたフェミニンなワンピースが飛び切りにお似合いだ。

落ち着いた色合いのタイトなデザインながら、ノースリーブから覗《のぞ》かせる華奢《きゃしゃ》な肩や腕から清楚《せいそ》な色香が漂《ただよ》っている。

スカートの裾を気にしながらゆったりと腰を下ろす女性らしい仕草が、ひどく優雅で、まるで絵画から抜け出してきたかのようだ。

「あ、はじめまして。ボク、宮内亮です。しがないサラリーマンをやっています」

亮が、まるで合コンのような挨拶を口にしたのは、席について落ち着いた菜々緒が、改めてこちらに視線を向けてきたからだ。

「うふふ。そうよね。はじめましてよね。改めまして、風早菜々緒です。仕事は保育園で保母をしています」

美しい所作で軽く頭を下げ、あいさつをする菜々緒。ショートボブの髪が優美に揺れて清潔感漂う匂いが、ふわりと亮の鼻先にまで届いた。

彼女も微《かす》かな緊張を纏っているが、その微笑はごく自然でぎこちなさは感じない。

そのタイミングを見計らうようにギャルソンが現れ、亮と菜々緒にメニューを手渡してくれる。

こんな時、何を注文すればいいのかも判らない。それでも彼女の意見を訪ね、ギャルソンの助言を受けながら、飲み物にワイン、前菜とスープ、パスタとピザを何とかオーダーした。

「これで大仕事は終えました。実は、この注文が、ボクには一番の難問で……」

しょせん格好をつけても、すぐに地金《じがね》が出てしまう。それくらいなら、はじめから飾らずにいようと決めていた。

もう一つ亮には決めていることがある。このワニ顔が災いして、これっきりということもあるだろうから、せめて今この瞬間は目いっぱい楽しもうと。

むろん、亮だけではなく、願わくは彼女にも楽しんでもらえたら最高だ。

「あら。とってもスマートにできていたわよ。確か亮さんは、商社にお勤めよね。だったら、こういうお店にも慣れているのではないの？」

少しでも強面をカバーしようと必死に勉強した余禄《よろく》で、一流と呼べる商社に潜り込んでいる。けれど、一昔前ならいざ知らず、昨今では接待なども少なくなり、こういう店に社用で来ることはない。

「最近は商社勤めでも、滅多にこういう所には……。でも、慣れているように見えたなら上出来です。菜々緒さんに認められるように、ちょっと背伸びしましたから」

何から何まで飾らずに口にする。お陰で、危惧《きぐ》していた会話も何とか成り立っている。

「私も、こんなにお洒落《しやれ》なお店は久しぶりよ」

ワインが運ばれ、程なく前菜が並べられる。

チンとグラスとグラスを軽く重ねてから口に運ぶ。

イタリアワインの馥郁《ふくいく》とした香りとフルーティーな味わいが口腔に拡がる。

「美味《おい》しい！」

「はい。旨いです」

普段は缶チューハイばかりで、ろくにワインの味など知らない亮でも美味しいと思えるのは、やはり目の前の美女の恩恵か。彼女と一緒ならたとえメチルアルコールでも美味しいと思うに違いない。

「菜々緒さんみたいな美人には、ワインがお似合いですね」

正直な感想が自然と口をつく。

「うふふ。何それ？　一応褒め言葉として伺《うかが》っておくわね。でも私、そんなにお酒強くないのよ。明日はお休みだから少しはいいけど。ワインも滅多に口にしないの」

「じゃあ、イタリアンのお店とかってあまり来ません？　菜々緒さんが好きかと思ってこの店を選んだのですけど」

アプリで店を選ぶ際、菜々緒の意見も尊重した記憶がある。

「イタリアンは大好きだけど、ほら、一緒に行く相手がいないと、ねえ。保母の仕事は楽しいけれど、イケメンも子供ばかりでしょう。三十も年下に言い寄られても……。出会いとかって、ほとんどないし」

「だったら、また来ましょうよ。ボクはエスコートってガラじゃないですが、それでもよければ、是非、またお供させてください」

驚くほどの美人でありながら気さくな彼女に、亮はつられてそう言った。

「あら、私の方こそ、こんな年上の未亡人の相手をしてくれるのなら是非に」

いくら舞い上がっている亮でも、社交辞令かどうかの見分けくらいはつく。本気としか思えない菜々緒の色よい返事に、亮はさらに天高く舞い上がった。

（こんなに上手くいっていいのだろうか……？）

夢見心地のうちに、メインのパスタとピザが配膳され、それを菜々緒がシェアしてくれる。その間中もずっと、亮の眼は彼女に釘付けだった。

一瞬たりとも菜々緒の一挙手一投足から目を離すことなく、しっかりとその美しい所作や顔立ちを脳裏に焼き付けていく。

いくら見つめても飽き足らないくらい、菜々緒は美しい。しかも、やはりどことなく女神さまに似ている。彼女がそのモデルだと告白しても、納得するほどに。

あまりに見つめ過ぎて、ついには菜々緒もその視線に気づいたようだ。

「亮さんって、真《ま》っ直《す》ぐに見つめてくるのね。でも、あんまり見つめられると顔が火照《ほて》ってきちゃう」

ただでさえアルコールに上気した頬が、恥じらいを口にするとさらに赤く染まる。

その清楚な色気に亮は心臓を撃ち抜かれる思いがした。

「ああ、すみません。けれど、誰かれなく見つめるわけではないのです。菜々緒さんがあまりにも綺麗《きれい》だから……。写真で見るよりもずっと」

熱っぽく打ち明けると、さらに美貌が紅潮した。はにかむような微笑が、亮より十も年上であることを忘れさせるほどカワイイ。

パスタを巻き付けた銀のスプーンが、ルージュ煌《きら》めく朱唇の中に消え、頬張る所作がやけに艶《つや》っぽい。

正直、そこから先、口にしたパスタとピザの味など、ほとんど覚えていなかった。弾《はず》んでいた会話の内容も、ほぼ思い出せないほどだ。

愉しい時間は、あっという間に過ぎ、気がつくと亮は菜々緒をマンションまで送っていた。けれど、どこをどう歩いて来たのかも記憶が定かではない。

「とっても楽しかったわ。ここからは年上の私の方が、積極的になろうかしら……」

ぽっと頬を赤らめながらも菜々緒はそう言って、「お茶でも……」と誘ってくれた。

その口ぶりから未亡人の何かしらの覚悟のようなものを感じられる。

けれど、亮は、誘われるまま菜々緒の部屋に上がり込みたい欲求を懸命に抑《おさ》え込んだ。紳士的に振舞うことで、少しでも強面の印象を払拭《ふっしょく》したいのだ。

驚いたのは、予想以上に菜々緒が寂《さび》しそうな表情を見せたことだ。お陰で亮は、慌てたように弁明させられた。

「勘違いしないでくださいね。物凄くお誘い、嬉しいです。でも、ここはグッとやせ我慢《がまん》します。そうでもしないとボクは菜々緒さんを襲ってしまいそうで……。それ位、菜々緒さんは魅力的過ぎです。だから、今夜はこれで」

スマートに振舞うつもりが、結局、欲情していることまで明《あ》け透《す》けに口にしている。

嫌われはしないかと内心に怯《おび》えながらも、互いの信頼を深めてこそ深い関係を結べるものだと信じて口にした。

「その代わりに……」と、次に逢う約束を取り付けることも忘れない。

「だったら、もしよければ明日にでも……。次は私の趣味に付き合って欲しいの。亮さんのように、私もありのままの姿を晒《さら》してみようかなって」

気を取り直した様子の菜々緒が、そう誘ってくれた。〝私の趣味〟とは、コスプレのことだと見当もついた。次回はそれを披露してくれると言うのだろう。それが菜々緒のありのままの姿であるなら、是非とも亮は目にしたい。

ぶんぶんと頭を縦に振り、また明日逢う約束をした。

4

「うーん。まさか、菜々緒さん、怖気《おじけ》づいたなんてことないよな」

翌日、亮は彼女を駅で待ち詫びていた。

約束の時間になってもなかなか現れない若未亡人に、ドタキャンされたのではと気が気ではない。

菜々緒は、「私の趣味に付き合って欲しい」と言っていた。彼女の趣味とはコスプレで、それを披露してくれるとなると、その場所は菜々緒の部屋となるはずだ。

何せ亮は未亡人を襲ってしまいそうとまで本音を口にしているのだから、そんな相手をおいそれと部屋に上げてくれるはずがないように思える。

控えめで清楚な菜々緒のことだから、身持ちの堅い未亡人でもあるはずなのだ。

そもそもそんな彼女が、あんなアプリに登録していたこと自体、奇跡に近い。

（きっと何かの間違いなのかも。もしくは、こじらせ過ぎて錯乱したとか……）

亮の脳みそが拒否しているのか、そんな妙な解釈で理解しようとしている。

それでいて菜々緒のコスプレ姿は、色っぽくて映えるだろうと、愉しみでならない。

菜々緒は細身《ほそみ》である上に、すらりと身長が高く、一七五センチある亮と並んでもそれほど変わりがないほどだ。それでいて腰の位置は亮よりも高いのだから、ひどく脚が長いことが窺える。

何気に胸元も盛り上げているから、モデル並みにスタイル抜群であることは間違いない。だからこそ、どんな衣装も着こなして映えるコスプレとなることが想像できた。

「でもなあ。この顔に襲ってしまいそうなんて言われたら、身の危険を感じて当然だよなあ」

舞い上がり過ぎてしくじったのだと反省しても、既に菜々緒の美しさを目の当《ま》たり《あ》にしているから諦めなどつかない。

昨夜、彼女を送っているのだから、マンションの場所は覚えている。けれど、待ち合わせに現れないからといって押しかけるのはストーカーに等しい。

待ち合わせの時間から三十分経過しているが、もう少し粘るべきか、諦めるべきなのか、判断に迷い悶々としている。とそこに、裾を揺らし駆けてくる菜々緒の姿が目に留まった。

亮の元にようよう駆け寄ると、ひどく息を切らしながら「ご、ごめんなさい」と謝った。

首筋にうっすら汗までかいて紅潮させた頬がひどく色っぽい。

ボクのためにと思うと、胸が締め付けられるようにキュンとした。

「遅くなってごめんなさい。着るものに迷って……。結局、ありのままの姿を見て欲しいから普段着に近いモノをって。年甲斐もなく恥ずかしいけど」

普段着にもフォーマルにも使えそうな白いロングワンピース姿は、恐ろしく清楚で素敵だ。

太めの肩ひもに吊るされたふんわりとした布地が、やわらかく胸元を覆《おお》い、高い位置に設定されたウエストの生地だけギャザーになって、そっと腰部を締めている。

スカート丈《たけ》はロングながら、ふくらはぎのあたりから透けていて、細い脚を覗かせている。

やさしく揺れる裾がおんならしさ、可愛さを一段とアップさせている。

何よりもデコルテのあたりがスクエアーに大胆に抉《えぐ》られて、肩や腕と共に色白の肌を悩ましく露出《ろしゅつ》させているのだ。

そういえば、彼女の性癖に露出系と書かれていた。あれは、こういうことなのかと得心がいった。

ならば、彼女のコスプレは、より露出度の高いモノであるのかもと、あらぬ妄想が膨らんでいく。

そんな若牡《わかおす》の想いを知ってか知らずか、すっと菜々緒が亮に腕を絡《から》めてくる。

亮も半袖の開襟シャツを着ているから、すべすべと滑らかな未亡人の肌の感触を存分に味わえる。

「こんな風に歩くの照れくさいけど、待たせたお詫び。素肌を触れ合わせると気持ちがいいでしょう？」

清楚な顔立ちがコケティッシュに微笑みながら意味深なセリフを吐いた。

ふわりと盛り上がる乳房が、むにゅりと二の腕に押し付けられると、途端《とたん》に下腹部が妖しい疼《うず》きを訴えてくる。

まるでフワフワと雲の上を歩くような心持ちで、またしても、どこをどう歩いたかも判らぬうちに、気がつくと彼女のマンションの居間で、呆然とソファの上に座っていた。

「暑かったから喉《のど》が渇いたでしょう。これでも飲んでいて。さっそく、私、着替えてくるから……」

ローテーブルの上に麦茶を置いた若未亡人は、早々と奥の部屋に消えていく。

その背中もデコルテ同様に露出されていて、仄《ほの》かな色香を漂わせている。ショートボブの襟足《えりあし》から白く艶めいたうなじが覗けた。

(ああ、菜々緒さんの色っぽい姿、たまらないよ。二の腕にあたっていたおっぱいなんて、マシュマロみたいにふわっふわだったし……)

まだその感触と温もりが残されているようで、うっとりと余韻に浸《ひた》るうちに、ほどなく菜々緒が戻ってきた。

「えっ？　うわあぁ、な、菜々緒さぁん！」

その衣装は、ミニスカポリス。それも安っぽいエナメルのような衣装ではなかった。

青く染められた本格的な革製のジャケットは、裾がへそ出しの丈《たけ》に、腰の括《くび》れを露《あら》わにしている。際どいまでに短い丈《たけ》のスカートも、同じく革製で腰部に巻かれた太めの白いベルトらしきものがポイントになっている。素足かと思った足にも、極めて肌に近い色のストッキングを履いていることがラメの煌めきで知れた。

それにしても菜々緒の脚は、相当に長い。ヒールを履いていなくても、恐ろしく腰高だから、三十路《みそじ》半ばに差し掛かっていてもミニスカートが似合う。

その中にあって、ムッチリとした太ももだけが年相応の色気を湛《たた》え、どこまでも亮の眼を惹いた。

あらかじめ〝私の趣味〟を承知していた亮でも、そのセクシーさには一撃で魅了されてしまった。

「な、菜々緒さん。凄いです。映《ば》え過ぎて言葉もありません。しまったなあ。ちゃんとしたカメラを持ってくればよかった。あっ、でも写真に撮りたいです。写メ撮ってもいいですか？」

早口で褒め称える亮の要望に、大きめの革製の帽子が縦に揺れた。

許しを得た亮は、さっそくスマホを取り出すと、セクシーな菜々緒のコスプレを写メに収めていく。

バシャバシャと派手に鳴るシャッター音に、未亡人は誇らしげに胸を張る。それでいて美貌には、どこか恥ずかしげな色を載せているのが、男心をひどくそそるのだ。彼女はシャッター音のたびにポーズを変えたりしていて、だんだん大胆なポーズをとるようになっていくように見える。

大人しめのダウナー系と思えていた菜々緒が、コスプレをはじめるとテンションを上げて生き生きとしている。その普段とのギャップが、また亮を萌《も》えさせる。

一通り亮が写メを取り終えるのを見計らい、菜々緒はまたしても奥の部屋に消え、次の衣装に着替えてきてくれた。

戦隊もののヒロイン・キューティピンクのコスチュームやアメコミヒロインのクール・ガールのコスチュームなどは、亮の好みを考慮したチョイスなのだろう。どちらかと言えば露出度の高いコスプレで、モデル張りのゴージャスボディを露わにして、亮の眼を釘付けにさせるのだ。

「すごい、すごい！　菜々緒さん、ものすごく色っぽいです！　美しすぎて、しかもエロすぎて、やばいです！」

誉めそやす亮に、彼女も満足げな笑みを浮かべている。

その美しさ、若々しさは、とても三十路半ばにあるとは思えない。未亡人でありながらも、そのボディラインには崩れなど見られないのだ。

しかも、意外なほどメリハリの利いたボン、キュッ、ボンの肢体が破廉恥に揺れ、童貞の牡獣を悩殺してくる。

「ああん。亮さんったら褒め過ぎよ。もうそろそろ、こんなコスプレも似合わなくなりそうなのに。余計なお肉がついてきたと、気に病《や》んでいるのよ」

「えーっ。どこに気にするところがあるのですか？　ウエストなんて、キュッと締まっていますよ。細身なのにおっぱいだって大きいし」

「ああん。ごめんね。私そんなにおっぱい大きくないのよ。サイズはC65だから日本人としては平均的なの。それに、確かに若い時とスリーサイズは変わらないけど、でもほら、お腹のこの辺りなんて、こんなふうにお肉がついて……」

問わずともバストのサイズを明け透けに教えてくれる菜々緒。その細い指先で腹部を摘《つ》まむと、なるほどわずかにお肉が目立つ。けれど、それも摘まんで見せるからで、普通にしていれば全く気づかない。

「むしろ、そのムチムチッとした肉付きがエロくて、男にとっては魅力です」

懸命に写メを取りながら、その魅力を口にして菜々緒をフォローする。

微妙な女心など判らないが、ダイレクトに本音を口にしているから伝わるものがあるはずだ。

「いやん。エロいだなんて……。亮さんって、時々褒め言葉になっていないことを褒めているように口にするわね。でも、気持ちは伝わるわ」

やはり菜々緒は大人のおんなだ。それも飛び切りいいおんななのだ。

ビジュアル的にいいだけのおんななら、少し探せばいくらでもいる。けれど、内面まで一級品のおんなは、そう容易《たやす》くはお目にかかれない。

菜々緒は、おんなとして美しくあるための努力も欠かさないのだろう。若いころからスリーサイズを変えずにいるのは、その努力の賜物《たまもの》であるはずだ。それだけ美意識も高いということだろうが、それでいて妖しいまでに熟《う》れが進んでいるため、たっぷりと色気がふりまかれてしまうのだ。

童貞であっても、亮はそれを敏感に察しているから、ついつい「エロい」と評してしまう。特に、艶やかな太ももが晒される衣装は、生々しいまでにいやらしい。

ぴったりと素肌にまとわりつくようなラテックス素材のレースクイーンの菜々緒のコスプレには、すぐにでも震い付きたくなるほどのやるせない衝動を覚えたほどだ。

ミニスカとロングブーツに挟まれた太ももの絶対領域の凄まじい魅力に抗《あらが》えたのは奇跡に近い。

さらに亮を興奮させたのは、アニメの鬼娘のコスプレだった。

虎の模様のビキニで、素肌のほとんどを露出した姿は、その魅力が最大限に発揮されている。

亮ならずとも男であれば、その色香に完膚《かんぷ》なきまでにノックアウトされるであろう。

気がつくと亮は下腹部を痛いまでに膨れさせ、うっとりとその肢体に見入っていた。

5

「付き合ってくれたお返しに、もし私にしてほしい恰好があるならリクエストを受け付けるけど……」

呆《ほう》けたように見惚れる亮に、菜々緒がそう申し出てくれた。

「だったらヌードモデルのコスプレを！」

あまりに舞い上がり過ぎていたのだろう。後先の考えなしに亮は口走った。

虚を突かれたような表情を見せる菜々緒に、すぐに自分がおかしなリクエストをしたことに思い当たった。

「あっ、い、いえ。今のはなしで……。ヌードモデルのコスプレなんてありえませんよね。衣装があってこそのコスプレですものね。ごめんなさい。実はボク、菜々緒さんに似た女性の裸婦画を持っていて。もう本当に、菜々緒さんがモデルじゃないかってくらい似ていて」

「もしかして亮さんの二次元フェチって、その絵の女性に恋をしているってことかしら？　その女性が私に似ているのね」

未亡人は単に美しいばかりでなく、聡明であるらしい。アプリに表示されていた亮の性癖から、その事を正確に推測してみせたのだ。

「実はそうなのです。その絵の女性にモデルがいるのかも判らないし、もしモデルがいてもボクが中学の時からウチにある絵だから、もう相当な年齢だろうし……。でも、おかしいかもしれないけどボクにとって、その女性は……」

「亮さんにとって永遠のアイドルみたいな人なのね。偶像《アイドル》とは、よく言ったものね。でも、どうしよう。確かに衣装がなければ、コスプレではなくなるし……」

困ったように菜々緒が思案してくれるだけでも、亮はうれしい。絵の中の女性が好きだと告白しても、ごくごく普通に受け止めてくれる彼女なのだ。かつてこんな女性が周りにいてくれた試しなどない。

「菜々緒さんには、そんな偶像と混同されるのも迷惑でしょうけど……。あまりにも絵の中の女性が突然、目の前に現れたみたいで……。だから、菜々緒さんのヌードをみたいとかじゃなくて。あっ、いや、見たいのは見たいですけど。ああ、だんだん何が言いたいのか判らなくなってきた」

焦《あせ》りまくる亮に、菜々緒は頬を紅潮させながらも、こくりと小さく頷いてくれる。

「そんなに私、似ているの？　亮さんがずっと想いを寄せている絵の中の人に？」

くっきりとした二重《ふたえ》に彩られた双眸《そうぼう》が、真っ直ぐに問いかけてくる。漆黒の瞳に吸い込まれそうになりながら、童《わらべ》のように亮はこくりと頷いた。

「そう。判ったわ。ヌードモデルのコスプレね。亮さんのリクエスト、承ります」

恥じらうような表情を浮かべながらも、若未亡人はその場でくるりと背を向けると、背筋の虎柄《とらがら》のビキニの結び目を解きはじめる。

「その絵は、どんな感じなの？　モデルさんは正面を向いていた？　立っているのかしら座っているのかしら……」

問いかける菜々緒の声が、亮の右の耳から左の耳へと素通りしていく。あり得ない展開に、呆気《あっけ》に取られているのだ。

「ねえ、亮さん……？」

右の腕で自らの乳房を抱えながら、呆けている亮に声をかけてくる若未亡人。Ｃカップのふくらみが細い腕にやわらかくひしゃげながら魅惑の谷間を作っている。

「あっ！　えーと、それは座っています。ベッドに腰かけて、正面を向いて、やや左の半身をこちらに……」

思い切ったように女体をこちらに向けようとしていた菜々緒は、ベッドと聞いてわざわざ亮を寝室に導いてくれた。

「もちろん、下も脱ぐのよね？」

頷いた亮に、いよいよ恥じらいながらも下腹部を覆うパンツにも手を掛ける。またしても、こちらに背を向けているから、パンツを下げると同時に大きな桃のような尻たぶが丸見えになった。

「ああっ……」

ため息とも歓声ともつかぬ声を上げた亮に、美貌がこちらを振り向いた。

「ああん、いやぁ。お尻の大きいのがバレちゃったのね。恥ずかしいわ」

左の掌《てのひら》で尻たぶの谷間を慌てて隠す若未亡人。右手はまだ乳房を抱きかかえ、細腰を捩《よじ》っている。図《はか》らずも現れたその曲線美に、亮は心臓をドキュンと撃ち抜かれた。

何度も致命傷を受けているから、もはや亮はキュン死する寸前だ。

「き、綺麗です。こんなに綺麗で立派なお尻、見たことありません」

「いやん。立派だなんて言わないでえ。恥ずかしくて死んじゃいそう」

細身とはいえ三十路の臀部《でんぶ》は、安産型に左右に張り出している。見事に実るその果実を立派と亮が口走るのも詮無《せんな》いことだ。

「ご、ごめんなさい。〝立派〟は、訂正します。官能的、なら許してもらえますか？」

ダイレクトにエロいと表現しても叱られそうなので、官能的と言い換えてみた。

「もう。亮さんはやっぱり時々失礼ね。〝官能的〟って、エロいって意味でしょう？　変わりないじゃない。でも褒めてくれているのよね。〝立派〟も褒め言葉として伺っておきます」

クスクスッとコケティッシュに笑いながら、きゅっとお尻を引き締め、おどけて左右に振る若未亡人。どこまでも彼女は、いいおんなだ。

「それで、こうかしら？　こんな感じ？」

ふざけたことで少し気持ちが緩《ゆる》んだのだろう。ゆっくりと菜々緒は、ベッドに腰を下ろし、左半身をややこちら側に突き出すようにして前を向いてくれた。

依然、胸元と下腹部を手で隠しているが、いささかもその美しさを損なわない。

「ああ、菜々緒さん……」

感極まって声を震わせる亮に、恥じらいをにじませた若未亡人の表情が、自信を取り戻したように誇らしげなものになっていく。

「まだよ。まだちゃんとできていないわ。私は亮さんの偶像になるの……」

その決意を表すようにキュッと口角が引き締められると、胸元を抱えていた腕がゆっくりとその場を退《しりぞ》いていく。途端に、容《かたち》のよい乳房が亮の目の前にまろび出た。支えを失ったふくらみは、たゆんとわずかに跳ねてから微《かす》かに左右にも広がった。

「ああ、菜々緒さんのおっぱい、やっぱり大きく見える」

亮は巨乳でなければ興奮しないという質《たち》ではない。けれど、恋しい女神さまをずっと眺めてきたため、小さいよりは大きめの胸の方が見栄えがいいと思っている。

その点から言えば菜々緒の乳房は、幾分小振りに思える。けれど、スレンダーであるがゆえに、その対比から胸元が大きく前に突き出しているようにも映るのだ。

しかも、ティアドロップ型と呼ばれる美しいまろみは、白い乳肌に青く血管が透けるようで尊いとさえ感じさせる。清楚な菜々緒同様、その乳首もやや控えめな印象で、それでいて、その色素はやや濃い目となり、それだけが未亡人を匂わせる。

「そんなにおっぱいばかり見ないの。視線が痛すぎるわ。私の乳首、少し色素が濃いから、亮さんの好みから外れているかも……」

少しはにかみながらも、これが個性だとばかりに若未亡人は胸を張っている。

「そんなことありません。とっても魅力的です」

「うふふ。エロいから？」

亮の言葉を先回りして、菜々緒がコケティッシュに笑う。同時に下腹部を覆っていた掌もそこから退かせ、引き締まったお腹のあたりで両手を結んだ。

コスプレイヤーだけに手入れの行き届いた草叢《くさむら》は、ふんわりとデルタ状に恥丘を覆っている。

純白の太ももとのコントラストが、大人っぽくも艶めかしい。

はにかんでいるような微笑んでいるような、儚《はかな》そうにも誇らしそうにも見える複雑な表情が、愛しい女神さまのそれと重なった。

「き、きれいです。ああ、菜々緒さん。涙が出てくるくらい綺麗です！」

不覚にも零《こぼ》した涙を隠そうともせず、声を震わせ感激する亮。対照的に、下腹部に血液が一気に流れ込むのを禁じ得ない。写実的な女神さまの裸身よりも、さらに生々しい破廉恥《はれんち》ボディに反応したのだ。

二十五歳とはいえ亮は童貞であり、生の女性に免疫《めんえき》がないことも災いした。

「まあ亮さんったら、私のヌードに興奮してくれたの？　前をそんなに膨らませて」

そう言う若未亡人も、その艶めきをさらに露わにさせている。柔肌が紅潮していく様子が、凄まじく扇情的だ。

恐らくは、亮の熱い視線をじかに素肌に浴びて、露出系のフェチズムを刺激されたのだろう。見られる歓《よろこ》びに身を浸しているのだ。

その証拠に若未亡人は、時折、そのむっちりとした太ももをもじもじと捩らせ、その奥にある淫花を擦《こす》っている。じっとりと女体に汗が滲《し》み出し、寝室の空気を湿らせていくのも、その証《あかし》の一つかもしれない。

恥骨がジンと痺《しび》れる感覚に、蟲《むし》が太ももを這いずり回るような錯覚を覚えているのではないだろうか。むろん、それは亮の妄想に過ぎないが、女体から漂う牝《めす》の甘い匂いも、無性に若牡を発情させてやまない。

「あの……。菜々緒さん……。ボク、これ以上我慢できません。ただ見ているだけでは物足りないです。美しい菜々緒さんに……。絵では絶対に触れないエロ綺麗な裸の美女に触れてみたいです！」

ほぼ理性が吹き飛んだ状態の亮は、本能のままに求愛した。強面な自分に似合う甘い言葉など、全く思い当たらない。だからこそ直截《ちょくせつ》な表現で口にするしかない。

包み隠さず、自らの欲求を伝えるしか術《すべ》がないのだ。

結果、菜々緒の美貌が、さらに朱に染まった。

「うれしいわ。それって私のコスプレが、亮さんに愉しんでもらえている証拠よね？　少しは魅力を感じたから、こんなおばさんのカラダでも、エッチな気分になったのでしょう？」

「お、おばさんなんてそんな……。菜々緒さんは、若いです！　それに、はい。最高に魅力的です。カワイイし、綺麗だし、すごくエロい！　ボク、もうこんなになって我慢できません！」

居ても立ってもいられずに亮は、自らズボンのベルトを外し、パンツ一丁になった。痛々しいまでに膨れ上がらせた肉柱を見せつけ、いかに自分が興奮しているか、未亡人に欲情しているかを曝《さら》け出したのだ。

「実はボク、まだ女性を知りません。ずっと二次元フェチをこじらせてきたから。だから、こんな不躾《ぶしつけ》な求愛しか思いつかなくて……。でも性癖アプリでマッチした菜々緒さんとなら相性もばっちりかと……。いや、アプリとか絵だとかなんて関係ない。純粋に菜々緒さんに惚れました。だからお願いです。菜々緒さん。ボクのはじめての女性になってください」

噴き上がる直情に任せ、熱烈に、そして明け透けに、亮は求愛した。土下座してお願いしようかとさえ考えた。

「亮さんが童貞かもって、薄々思っていたわ……。でも、本気なの？　本当に私でいいの？　もしも本当に菜々緒でいいのなら、ええ、ＯＫよ。抱かれてあげる。菜々緒が亮さんに初体験させてあげるわ」

保育士らしい母性まで滲《にじ》ませて菜々緒が、亮の求愛を受けてくれた。若未亡人も発情しているのだろう。色っぽくも一人称を私から〝菜々緒〟に変えさせている。

「やったー！　菜々緒さんみたいな美しい人が、ボクの初めての相手だなんて。ボクは、すっかり菜々緒さんの美しさとか色っぽさに骨抜きです！」

言いながら亮は少しずつ、菜々緒の裸身に近寄ると、そっと手を伸ばし、彼女を立ち上がらせて、その細いカラダを抱きしめた。

「あら。菜々緒のエロさに、でしょう？」

亮の腕の中、若未亡人がペロッと舌を出しておどけてみせる。そのコケティッシュな微笑に、またしても亮の心臓がキュン死した。

「ああ、菜々緒さんの抱き心地、最高です。おんなの人って、こんなにやわらかいのですね。骨なんてないみたいです」

恐ろしくやわらかく肉感的な抱き心地に、それだけで射精してしまいそうなほど興奮している。昇天するとはまさしくこのこと。

「あん。すごいわ。亮さん、とっても興奮しているのね。菜々緒にこんなに擦り付けて、もう射精寸前みたいね。いいわよ。このまま菜々緒のカラダに擦り付けて射精《だ》しても。このまま挿入しては、おんなを味わう余裕もないでしょう？」

未亡人らしく菜々緒は、男の生理を知り尽くしている。清楚な顔立ちの裏に、牝の本性を隠しているのだ。けれど、その蠱惑的《こわくてき》な表情に、亮は容易く懊悩《おうのう》させられてしまう。

抱きしめられたまま菜々緒がその長い腕を伸ばし、亮のパンツを擦《ず》り下げるのもされるがままに、だらしなく口を開けながら硬くさせた肉柱を彼女の太ももや腰部に擦り付けている。

やわらかな朱唇に首筋に吸い付かれ、甘い媚電流が全身を駆け巡る。

手が届かなくなった亮のパンツを器用にも彼女の足の指が引き継いでいく。

「ああ、亮さん。大きいのね。それにとっても熱い。これで菜々緒は、おま×こを突かれるのね……」

熱い発情を載せた声が耳元で甘く囁くと、凄まじい快感が下腹部に押し寄せた。

「うおっ。な、菜々緒さぁ〜ん！」

灼《あつ》い息に彼女の名を載せ吐き散らす。カチコチの肉棒に細い指が絡みついたのだ。

「すごぉい。菜々緒の手の中で、亮さんのおち×ちんがビクビクしてる。とっても熱くて、コチコチに硬いわ」

やわらかく握りしめられ、そっと肉皮を剝《む》かれ、先走る牡汁を亀頭部から棹部にまで塗《ぬ》り付《つ》けられる。

「おふう、ぢうぉ……。ああ、ダメです。菜々緒さん、気持ちよすぎる！」

込み上げる歓びをぐっと堪《こら》えようと息を詰める。けれど、あまりの心地よさに、すぐに吐息が漏《も》れてしまう。

「よすぎると、どうなっちゃうのかなぁ？」

小悪魔チックに若未亡人が問いかけてくる。恐らくは、年下の童貞男を嬲《なぶ》る背徳的な悦《よろこ》びに身を浸しているのだ。

「き、綺麗な菜々緒さんの手に、射精《だ》しちゃいます」

抗う余地など微塵《みじん》もなく、亮は菜々緒に翻弄《ほんろう》されていく。昂《たかぶ》り切った肉柱は、もう余命いくばくもない。けれど、若未亡人の手を自分の精液で穢《けが》すのは、あまりにも畏《おそ》れ多くて、懸命に耐えている。

やはり亮はこじらせている。いつの間にか崇拝していた女神さまと、菜々緒とを混同しているのだ。けれど、それはそれで幸せな錯覚に違いない。絵の中の女神さまが、亮に手淫などしてくれるはずがないのだから。

「うふふ。射精《だ》していいのよ。菜々緒のお擦りで、亮さんが気持ちよくなってくれるのは嬉しいことだもの。それにほら、早く射精《だ》してくれないと、次に進めないぞ」

まるで亮と結ばれることを待ちわびるかのような口ぶり。婀娜《あだ》っぽく唇の端を緩ませながら菜々緒の手淫が勢いを増す。筒状に丸めた若未亡人の手指が、リズミカルに肉棒をスライドしていく。

「ああん。菜々緒、はしたない真似をしている。童貞のおち×ちんをお擦りしてるの。亮さんの興奮が、おち×ちんから伝わるわ……。ねえ、菜々緒のおっぱい触ってもいいわよ。触りたいのでしょう？」

若未亡人の言葉通りに、先ほどから胸板にやわらかく潰れている乳房に触れてみたくて仕方がなかった。けれど許しもなく触るのは、いけない気がして我慢していたのだ。

「ああ、菜々緒さん。さ、触りたかったです。おっぱいに……」

「バカねぇ。我慢なんてしなくていいのに。こんなに無防備に晒しているのは、どうぞ！　ってことなのよ……。でも、触るなら優しく触ってね」

むろん、許しを得たからには遠慮などしない。おずおずと掌を持ち上げて、そっと双房に掌をあてがった。

「ほあぁ。やらかぁぁ……。それに物凄くすべすべしていて、これが生のおっぱいの触り心地なのですね」

やさしくと言いつけられているから、無闇《むやみ》に揉《も》むことはできない。かと言って、どう扱っていいのか判らないから、ふくらみを下方からうやうやしく捧《ささ》げ持つようにして、乳膚の感触を堪能《たんのう》した。

けれど、驚いたことに、たったそれだけで、その途方もなくやわらかい物体は、亮の手指の官能をどこまでも刺激してくる。

まるでスライムの如き感触で、指と指の隙間を乳肉が埋めるのだ。

「あん。そんなおっぱいを撫でないで。くすぐったいっ。うふふ。優しくしてと言ったけど、少しなら揉んでもいいのよ。ねっとりといやらしい手つきで、やってみて……」

またしても甘い声が耳元で囁く。それに頷いた亮は、今度は正面から肉房を覆うようにしてゆっくりと揉んでみる。

「んんっ。あぁ、そうよ。上手よ。掌に乳首が擦れると気持ちがいいわ」

悩ましい吐息を吹きかけられ、一気に亮のボルテージが上がった。乳房を揉まれたお返しとばかりに、若未亡人の手淫もさらに熱心さを増していく。

「うぅぉぉぉっ、な、菜々緒さん、ボク、ボクぅ……っ！」

情けなく喘《あえ》ぎながら劣情の暴発を促され、肉傘を限界にまで膨らませる。射精態勢を整えるため、急速に皺袋が凝縮した。

「ああ、射精《で》るのね。いいわよ。亮さん。菜々緒の手にいっぱい射《だ》してっ」

若未亡人も相当に興奮しているのだろう。赤い色をさらに際立たせた唇が、亮の同じ器官に重ね合わされた。

「んむっ！」

甘くぽってりとした唇の感触に、亮の射精衝動が堰《せき》を切った。

玉袋に溜められた劣情が怒涛《どとう》の如く尿道を遡《さかのぼ》り、ドプッと音を発して吐精した。

二度目三度目の痙攣《けいれん》に肉棒を震わせ、夥《おびただ》しい量の精液を吐き出していく。

細くしなやかな手指にまとわりついた牡汁を菜々緒は受け止めきれず、ポタポタと雫《しずく》が床を汚す。

「むふん。んふぅ、んふん」

甘いファーストキスが、射精のご褒美のように長く続く。うっとりとした表情がそっと離れていくのを、亮は後ろ髪を引かれるような気持ちで見つめていた。

6

「うそっ！　こんなにいっぱい射精《だ》したのに、まだ硬いままだなんて……。菜々緒のお擦りでは満足できなかった？」

若未亡人の掌では受けきれないほどの射精であったにもかかわらず、若牡の肉棒はまだ天を衝《つ》くようにそそり立っている。

なんとしてでも菜々緒の女陰に押し入るまでは、萎《な》えようとしない勢いだ。

「最高に気持ちよかったです。でも、菜々緒さん言っていたでしょう。射精しないと次に進めないって。つまり、射精したのだから、させてくれるってことですよね」

「まあ、そんなに期待して大きくなったままなの？　うふふ。いいわ。菜々緒も亮さんの大きなおち×ちんが欲しいから。菜々緒が初体験させてあげる」

言いながら若未亡人は、亮の胸板を押すようにしてベッドの上に仰向《あおむ》けになるよう促してくる。それを追うようにして彼女も、亮の上に圧《の》し掛《か》かるのだ。

肉感的な割に軽い体重が、そのままし合わせの重さのように感じられる。

上に載ったまま菜々緒が亮のシャツのボタンを外していく。

「うわぁあっ！」

シャツの中から飛び出した亮の小さな乳首に、菜々緒の朱唇が吸い付いた。レロレロッと乳首をくすぐられたかと思うと、チュッパチュッパと吸われる。肉棒の裏筋がムズムズするような快感が、漣《さざなみ》のように胸元から押し寄せる。

（おんなの人がおっぱいを吸われる感覚も、こんななのかなあ……？）

そんな亮の想いを見透かしたかのように若未亡人がクスクスと笑っている。

「くすぐったいけど気持ちいいでしょう？　でも、おんなの乳首はもっと敏感よ。赤ちゃんを育《はぐく》むために繊細にできているの」

説明してくれる菜々緒に素直に頷いてみせたが、そのことよりも心内を言い当てられたことの方が驚きだ。

（余程、顔に出ているのかなあ……？）

「そうよ。亮さんは、思っていることが顔にほとんど出ちゃってるわ。特に、エッチなことをしているときは、もろバレよ」

例のコケティッシュな微笑を浮かべながら、もう一方の乳首に菜々緒は唇をあてがう。官能の微電流に、無意識のうちに肉棒を嘶《いなな》かせる。

「ああん。亮さん、すごぉい。手も使わずにおち×ちんを、ギュインって勃《た》たせている……。ああ、この活《い》きのいいおち×ちんが、菜々緒の膣内《なか》に挿入《はい》るのね……」

未亡人はうっとりと吐息のように囁くと、ゆっくりと女体を起こして、亮の腰部に跨ってくる。

「どこにボクのおち×ちんが挿入《はい》るのですか？　教えてください」

懸命に頭を持ち上げ、亀のように首を伸ばして、菜々緒の下腹部に目を凝《こ》らす。

これまで童貞の亮には、女陰をじかに目にする機会などなかった。けれど、はじめてだから見たいのではない。菜々緒のものだから見たいのだ。

「ああん。イヤな亮さん。でも特別よ。はじめての亮さんだから見せてあげる」

いくら露出系のフェチのある菜々緒とは言え、局部を晒すのは当然抵抗があるだろう。それでも見せてくれるのは、年上のおんならしい慈愛と母性本能の賜物《たまもの》だ。

（菜々緒さんのおっぱいには母性本能がたっぷり詰まっているのかも……。きっと保母さんは天職だな……）

目いっぱい興奮している傍《かたわ》らでそんなことを想う余裕があるのも、菜々緒が手淫で射精させてくれたお陰だ。

「ここが菜々緒の秘密。誤解しないでね。菜々緒だってこんな風に自分から見せるの、亮さんがはじめてよ」

言いながら若未亡人は、太ももを大きくM字に広げたかと思うと、その中心に左右から人差し指と中指を添えた。

美貌をさらに紅潮させ、心持ち背後に背を反《そ》らせるようにして、細指を蜜唇に添え当てるのだ。そして秘裂を静かに割り広げ、子宮まで続く肉襞《にくひだ》の子細まで見せつけてくれる。

「ここよ。この孔《あな》に、亮さんのおち×ちんを挿《い》れるの……」

月下美人を彷彿《ほうふつ》させる妖艶な匂いを撒《ま》き散らし、艶めいた縦裂が、ぬぽぉ……と口を開けている。

二枚の薄い花びらに飾られた亀裂は、想像していた以上に淫猥《いんわい》な雰囲気を漂わせつつも神秘的な美しさを感じさせた。

花びらの内側では、綺麗なピンク色の粘膜が、じっとりと蜜を含《ふく》む様子が窺える。

『あなただけのために、たっぷり濡らして待っているのよ』

女淵がそう告げるようにヒクついている。濡れているのは、亮の視線に灼《や》かれ興奮したものか。熱く見つめれば見つめるほどに、鮮紅色の粘膜が蜜にまみれていく。

とてつもなく淫猥で欲情を煽《あお》る光景だ。なのに少しも菜々緒の美しさを損なっていない。どんなに淫靡《いんび》な格好をしていても、若未亡人は最高に美しかった。

童貞の亮でもネットの画像などで、女性器を目にしたことはある。その時は、意外にグロいと思ったが、目の前の女陰には、まるでそんな感慨など湧かない。

（こんなところまで菜々緒さんは美人なんだ……）

それが正直な亮の感想だった。けれど、それを口にしたところで、また〝失礼〟と叱られるのが落ちだろう。だから無言で、ひたすらその容《かたち》を脳裏に焼き付けた。

「ねえ。そんなにまじまじと見てばかりいないで、何か言ってよ」

それはそれでまずかったらしく、耐えかねた菜々緒が身を捩り抗議してくる。

「だって、またボクが感想を述べると失礼って……。じゃあ、正直に言いますね。菜々緒さんはおま×こまで美人です。綺麗に容《かたち》が整っていて、奥まで純ピンクで。左右の花びらも楚々としていて、ちょっとカワイイとも思いました」

包み隠さず思ったことを口にすると、またしても細身がキュッと捩られる。

「あぁん。やっぱり聞かなければよかった。恥ずかし過ぎちゃう……。もういいから黙っていて。菜々緒にされるがままでいてくれればいいから」

その表情から決して怒ったわけではないことは判る。戸惑いの表情に近い。けれど、哀しいかな何に未亡人が戸惑っているのか。亮には、微妙な女心が判らない。

「菜々緒さん怒った？　いや。違いますよね。何かに戸惑っているみたい」

懸命に菜々緒の心の動きを読み取ろうとする亮に、賢い未亡人はふっと優しく微笑んだ。

「おんなってね、恥ずかしければ恥ずかしいほど、興奮を煽られてしまうものなの。それが女体を敏感にもするのね。でも菜々緒も、その感覚は久しぶりだったから少し戸惑ってしまったのよ」

おんなの心の揺れを丁寧に教えてくれる未亡人は、やはり大人だ。

7

「さあ、そんなことより、もっと大切なことがあるでしょう……。亮さんと菜々緒が結ばれるのよ」

言いながらマニキュア煌めく指先が、亮の切っ先を自らの下腹の中心に導いていく。外陰唇の間から膣粘膜の鮮紅色を覗かせながら、自分の勃起《ぼっき》に近づいてくる女性器を瞬《まばた》きもせず亮は視姦する。

先端が、菜々緒の尻の間に隠れたのとほぼ同時に、にちゃ……っと小さな濡れ音がして鈴口の周辺が熱くなった。

女陰のぬめりが亀頭部にもまぶされていくのが感じられた。

「……おあっ！」

「菜々緒のおま×こに、先っぽが擦れたのよ。このまま、挿入《い》れちゃうわね」

愛蜜まみれにされた勃起に、さらに腰を落としはじめた菜々緒だが、その動きはすぐに止まった。

「あん。きついわ……。久しぶりだから大丈夫かしら……」

問わず語りにつぶやく朱唇がひどく色っぽい。

先ほど脳裏に焼き付けた膣口は、清楚なまでに小さかった。これで自分の肉棒を呑み込むことができるのかと危惧《きぐ》したほど未亡人の入口は小さいのだ。

きっと膣中も狭隘《きょうあい》で、亮の分身とサイズ違いも甚《はなは》だしいように思えるのだ。

「菜々緒さん。大丈夫ですか？　ボクのち×ぽでは大きすぎますか？」

心配になって問いかけると、慈愛に満ちたやさしい微笑が返ってきた。

「大丈夫。おま×こって、意外に柔軟なのよ。赤ちゃんの頭が出てくるくらいなのだから。確かに亮さんのおち×ちん、大きくて驚いちゃったけど。それにちょっと菜々緒も久しぶり過ぎたから……んふぅ」

苦しげな鼻息を漏らしながら、ゆっくりとまた細腰が沈み込んでくる。時折、尻を揺するようにしては、何度か上下動を繰り返す。

ようやく、ぬぷんっと亀頭エラが帳《とばり》を潜り、肉棹がずぶずぶっと埋まっていく。

「あはぁっ！」

うっかり漏らした艶《つや》めいた溜め息に少し頬を赤らめながら、なおも菜々緒の腰が沈んでいく。

「あぁ、本当に亮さん、大きい……。おま×こが、とってもパツパツだわ」

「あ……な、菜々緒さんっ」

潤滑《じゅんかつ》は充分なのに膣襞が勃起にひどく擦れる。手淫で抜かれていなければ、射精《だ》していたかもしれない。

(菜々緒さんの膣内って凄いぞ。やわらかいのに締めつけが凄くて……！)

いわゆるキツマンと呼ばれる名器なのだろう。

熟れた蜜壺は奥行きが深く、畦道《あぜみち》がうねるよう。しかも、幾重《いくえ》にも密生した膣襞《ちつひだ》が、亮の分身を熱烈に歓迎してねっとりとまとわりついてくる。

「あはぁぁんっ！」

美貌を切迫させて菜々緒が喘いだ。命乞いのような表情を浮かべている。

「凄いわ。凄すぎちゃう。菜々緒のおま×こ、内側から拡げられちゃうの……。ああん、こんな感触、知らない。なんておんな泣かせのおち×ちんなの？」

亮の上に跨ったまま女体をギュッと絞るようにして喘ぐ若未亡人。騎乗位の結合に長大な威容は奥底まで導かれていく。トンと切っ先が何かにあたった手応え。途端に、「んんっ！」っと菜々緒は甘く呻《うめ》いたかと思うと、豊麗《ほうれい》な女体を身震いさせる。

「ああ、いいっ！　亮さんのおち×ちんが……っく！　おほぉ！　な、菜々緒の……あぁ、一番奥にずっぽり……。こ、こんな奥にまで届いちゃうなんて……」

最奥まで到達された若未亡人が、ぐっと息《いき》んでは知らず知らず膣洞を窄《すぼ》める。お陰で、今度は亮が眉間に皺を寄せて目を白黒させる番だ。

「あ、あぁ……な、菜々緒さん……！」

すっかり菜々緒は、亮を根元まで呑み込んでくれている。

「ぼ、ボクは今、菜々緒さんと一つになっているのですね……」

勃起上に座りこんでしまった若未亡人の美貌を、亮は昂揚した気持ちで眺めている。初体験の感動もさることながら、菜々緒ほどの美女が相手である感動が、とてつもなく大きい。

「そうよ。私たちセックスしているの。もう亮さんは童貞じゃなくなったのよ」

「ああ、菜々緒さんありがとう。お陰でボク、やっと童貞を卒業できました！」

「うふふ。おめでとう……。ああ、菜々緒も嬉しい。亮さんのはじめてのおんなになれて誇らしい気持ちよ。それにしてもすごいのね。逞《たくま》しいおち×ちんで、おま×こを灼かれているみたい」

亮の逞しさは、容《かたち》と熱とで若未亡人の女陰を切なくするらしい。無論それは、童貞を卒業したばかりの亮も同じだ。こうしてじっとしているだけでも、熟れた肉壁がキュッとやさしく喰い締めたり、その触手《しよくしゆ》のような襞でくすぐってきたりと、若牡を翻弄《ろう》してくる。

（ああ、堪《たま》らないよ。これがおま×この具合ってやつなんだ……自分でするのとは全然違う……。これが、本当のセックスなんだ……）

肉棒を漬け込んでいるだけで、ぐんぐん高まる官能に、亮は動かしたくてたまらなくなる。けれど、一たび動かしてしまうと、たちまちのうちに暴発するであろうことは目に見えている。

せっかくの美熟女《びじゆくじよ》との初体験だから、少しでも長く留まっていたい亮は、懸命に込み上げる衝動をやせ我慢した。

幸いにも菜々緒の方も、息を整えようとしているらしく動く気配は見せない。

そんな若未亡人の美貌に、亮はうっとりと見惚れた。

紅潮した面差《おもざ》しの凄まじいまでの官能美。まさしく美の女神が、降臨したかのごとき姿だ。

(それに、あぁ、なんて綺麗なおっぱいなんだろう！　……)

仰ぎ見る亮の目は、いつしか乳房に釘づけになっている。

カーテンの隙間から漏れ出す陽光に、眩《まばゆ》く照らしだされている容《かたち》のよい乳房は、流した汗に全体が光り輝いている。普段は清楚に澄ましているであろう乳首も、今はつんと尖り、その存在感を増している。

ふいに菜々緒がほつれた髪をかきあげた拍子に、汗の滴《しずく》が乳首から落ちて、明るく銀の線を虚空に光らせた。

「そろそろ動くけど、大丈夫かしら？」

呼吸を整えた菜々緒が亮に訊ねる。返事をしようとした亮を待ちきれないとばかりに、若未亡人が尻を浮かせ、密着した膣壁を引き摺《ず》るように肉棒を引き抜く。

背中を反《そ》らし、尻を振りはじめた菜々緒に、勃起がずぶずぶ刺さっては、ぬらり……とひりだされる。ひりだされた勃起は、若未亡人の汁でびちょびちょで、ねっとりとぬめった輝きにまみれている。

ずちゅずちゅ、ぬちょぬちょ……徐々に菜々緒が、尻振りを大きくさせるから、勃起は肉棹から亀頭エラまでが極上の肉襞にたっぷりと擦れていく。

「あぁっ、菜々緒さん！　すっごく気持ちいいですっ！」

菜々緒が腰を蠢《うごめ》かせるたび、悩ましく乳房も振動する。じっとしていられなくなった亮の腰が、菜々緒のグラインドに合わせて動くと、乳房はもっと大きく揺れる。つんと尖った乳首が、二人の腰遣いに小刻みに上下する様子は、いつまで見ていても飽きそうにない。

「あはぁん……ダメなのに。奥に響いて……菜々緒の方が気持ちよくなってるぅ」

肉エラに愛液をこそぎ取られるのが、余程気持ちいいらしい。カリ首が膣口からひり出される寸前、再びパンッと腰が落ちてくる。

「……ど、どう？　菜々緒のおま×こ……気持ちいい？」

「はい……最高です。エロい襞がち×ぽに馴染《なじ》んで、ひくひく蠢いているのまで味わえています」

「いやん。もう亮さんのエッチぃ……だからそれ、褒め言葉になっていないってばあ。ああん、でも、菜々緒を味わえてもらえているのならうれしい……。もっと気持ちよくしてあげたいから、たくさん動かすわね」

言いながら菜々緒は、亮の手に指を絡み付けてくる。恋人つなぎに手を結び、若未亡人は深呼吸をすると、ゆっくりと細腰をスライドさせた。

膣内が摩擦で熱く疼《うず》いたらしく、膣を引き上げるたびに、あっ、あっ、と悩ましい声が漏れる。

「こ、声が出ちゃう……。菜々緒がリードしなくちゃダメなのに……」

大きな瞳を色っぽく潤ませているのは、頭の中がふわふわして意識をぼやけさせているせいか。

「んっ……いいのぉ！　硬いおち×ちん……大好きっ！」

ついには淫《みだ》らなよがり声まで漏らしながら、お尻を前後に大きくずり動かす。

清楚で貞淑な未亡人の仮面を打ち捨てて、ふしだら極まりないおんなの本性を見せつけてくるのだ。

(なのに、ああ、菜々緒さん、なんて綺麗なんだ……！)

ナマの粘膜同士が絡み合い、ずちゅずちゅと卑猥《ひわい》な音が次々と奏でられる。熟れた膣襞に高いカリ首が引っかかり、擦られるたびに快感が奔《はし》った。

「う、ああ……き、気持ちよすぎる……」

もはや菜々緒は、まるで膣で肉棒を咀嚼するように、前後だけでなく上下にも腰を振ってくる。大きく張った逆ハート型のヒップが、亮の股間に何度も打ちつけられる。

ぱんっぱんっと肉と肉がぶつかるたび、汗と体液が飛び散った。

「はぁっ、ああっ、菜々緒も……すごく気持ちいいの……っ、亮さんのおち×ちんは、物凄く罪作りよ……。童貞の癖に未亡人の菜々緒をこんなに狂わせるなんて……あぁん、こんな……あっ、あっ、あぁぁんっ！」

細い首を仰《の》け反《ぞ》らせ、肉の愉悦《ゆえつ》に浸る若未亡人。下腹部だけをこねるように揺らして亮の逸物を堪能する。背徳感と快感とが混ざり合い、おかしくなるほど気持ちがいいらしい。

「菜々緒さん……ち×ぽが押し潰されそうなほど……ギュウギュウです！」

菜々緒が腰を浮かせたところに、追うようにして亮が腰を突き上げる。媚肉《びにく》の花弁は雨に晒されたように濡れそぼっている。

「はぁんっ、ダメぇっ、な、菜々緒が動かしているのにぃ……っ」

「ごめんなさい、ガマンできなくてっ」

謝りはしたものの騎乗位の交わりは、俄然《がぜん》、亮優位になっていく。白い臀丘をぎゅっと摑《つか》んで固定し、激しく突き上げるのだ。肉エラで若未亡人の蜜壺を掻《か》き回し、白く泡立った愛液が肉棹にまとわりつく。

「あっ、あんっ、いいっ、すごいっ、ああっ！」

理性を彼方に置き去りにして、粘膜同士の擦り合いを続ける。美貌は艶やかに乱れ、やわらかな乳房が宙空でふるふると淫らなダンスを踊る。半開きになった口唇からは、涎《よだれ》がつうっと垂《た》れていた。

「ああっ、はぁっ、亮さん、本当に初めてなの？　菜々緒をこんなに夢中にさせるなんて……ほんとにいけない人……あっ、あっ、ああっ！」

激しい突き上げに、女体が前に頽《くずお》れる。手を亮の顔の左右について、半身を支えている。釣り鐘状に変容した乳房が前後に揺れ、亮の顔をぺちぺちと叩いた。

「んぶぶっ、菜々緒さんっ！」

「あっ……そこッ！　先っぽでグリグリされると意識が飛びそう……」

慎ましい腰の動きが一変して、忙《せわ》しなく尻肉が打ち下ろされる。

「あんっ！　亮さん、男らしいわ……淫らな菜々緒を……たくさん感じさせて」

美尻を震わせながら菜々緒が耳元で囁く。その腰回りの豊かな肉をぐいと捕まえた。

「もっと菜々緒さんを感じさせたいです。たくさん喘いでください……っ！」

尻肉を力任せに抱え、膣奥に肉棒をずるんと昇らせる。子宮を高熱で侵すのだ。

「あっん！　熱いのぉ……っ！　奥まで響いてるぅ！」

血管の浮き出た肉棒で、緩急をつけて突き上げていく。

「ここが……感じるのですよね？」

「いやん！　菜々緒の弱いところどうして分かってしまうの？　そこばかり攻められると……」

まぐれ当たりではあったが、そこが未亡人の弱点と知り、夢中で責め立てる。

硬くなった肉棒で休む間もなく突き上げてやると、菜々緒は真っ白な裸身を反らしながら、乳房を揺らして快感の波に溺れていった。

「ボクのものだ。菜々緒さんも、このおま×こも、全部ボクのものなんだ……」

「あぁ……亮さん……そんなに菜々緒のことを……っ」

にゅるりと膣口を広げ、感じるスポットに打ち付けては、キュンと引く腰の動き。

肉棒から愛情が伝われとばかりに、亮は懸命に腰を振る。

「あっ、あっ、あぁあっ……はあぁぁぁんっ！　んっ、んんんっ……亮さん、すごいの……奥まで、届いて……ああっ、そこっ……イイの……」

張り出したエラで柔襞をくすぐる度《たび》に、菜々緒の唇から熱い吐息が漏れ、コリコリした子宮口をノックすると、堪らないとばかりにショートボブの髪を激しく振り乱す。

ぐっしょり濡れた蜜壺は恐ろしく締まりがよく、亮は込み上げる絶頂感に耐えながらなおも腰を振り続ける。

「ああ、すごい、吸いついてきて……ううう」

手を伸ばし、重々しく揺れる乳房を掌に収めた。汗に濡れる肉房をぐにぐにと乱暴に揉みしだき、ぐっと上体を持ち上げて張り詰めた乳首に吸いついた。

「あっ、あっ、あぁっ、あんっ、おっぱい吸っちゃ、ああっ……！」

押し出されるように、若未亡人の喉から甘い喘ぎが迸《ほとばし》る。流れの中で自然に対面座位を取った亮は、グイグイと腰を蠢かせ、なおも下から突き上げる。

「ああっ、もうダメっ。子宮の奥、ズンズン叩かれてるっ、菜々緒イッちゃう……っ！」

ギュインと若未亡人の背筋が後ろにのけ反った。軽くイキ極める女体をそのままベッドに着地させ、今度は亮が上になってなおも腰を律動させる。

むろん、体位を変化させるテクニックなど亮にはなく、またも流れに任せて移行させたのだ。けれど、その効果は絶大だった。

「あっ、あっ、菜々緒イッてるのに突いちゃいやぁ……。おかしくなる。浅ましく乱れてしまうわ……」

「構いません。菜々緒さんが、いっぱいイキ乱れるところボクは見たいです。ボクももう限界だから、一緒にイッてください」

我ながらよくぞここまで我慢したと思う。童貞を卒業したばかりの自分なのだ。何度も、もうダメだと思う瞬間を辛うじて堪え、ついに若未亡人を追い詰めたのだ。

それもこれも菜々緒に心底惚れたからこそ。愛するおんなを悦ばせたい一心が、奇跡を生んだのだ。

「ああいい！　亮さんのおち×ぽが……ひ！　くふう！　なっ、菜々緒の……ああ！　おま×こにずぼずぼと……抜き刺し……ああ、おま×こイクぅ……はしたなく菜々緒イックぅ〜〜っ！」

仰向けで腰をいやらしく揺らし、くねるま×こでち×ぽを舐《な》める若未亡人。しかも何度も何度も喰い締めては肉棒を舐めまくり、共にイキ果てようと乱れまくる。

「……あはぁ！　欲しくてたまらないの！　菜々緒のおま×こに、亮さんの精子を注《そそ》いでぇ！」

牝の本能に導かれ菜々緒はひたすら歓びをおねだりする。自分が年上であるとか、未亡人であるとか、自分を縛る全てを忘れ、ただひたすら淫らにおんなの本性を晒している。

「菜々緒さん！」

熱くその名を呼びながら唇を求めると、菜々緒もうっとりと受け止めてくれた。

肉棒と女陰を深い位置で結合させたまま、二人は動きをしばし止める。

永遠に続くかと思われるほどの長い口づけ。身も心も蕩《とろ》け合わせた二人は、息もぴったりに腰の動きを再開させた。

二人共に、最高の瞬間を迎えるために激しく腰を打ち付け合うのだ。

「あぁぁんっ！　そこっ……そこを、もっと強く……おねがい……。菜々緒は、もうどうなってもいいから……あっ、ああっ……そこが、イイのっ……」

耳に届く艶っぽい声にも、射精衝動を促される。

蜜壺の奥に亀頭をぐりぐり押しつけると、おんなのカラダがピンと張り詰め、柔襞の締め付けがさらに強くなった。

「もうダメです。射精《で》そう……っ！」

「菜々緒も、もう……あっ、ああっ、また……イッちゃう……。もっと……もっと奥を突いて、そこに熱いのが……欲しいのぉ……っ!!」

下からの若未亡人の腰遣いも勢いを増している。ぐちょぐちょと粘液をかき混ぜる音と、パンパンと肉のぶつかり合う音が、寝室に響き渡る。

「あっ、ああっ……お願い、亮さん……。あなたの熱いのを早く菜々緒に……あっ、あっ、ああっ!!　あああぁぁぁぁぁぁぁ……」

ひどくはしたない牝声に脳みそまで蕩かしながら未亡人の熟壺を、野太い傘頭で耕していく。ほぐされるたび快美に痺れる膣襞が、ジワッと本気の蜜を滲ませている。

どれほど淫らになっても全く美しさを損なわない菜々緒をじっと見つめながら、亮は膣内に躍らせている肉棒を膨張させた。

痺れるような快感を味わいながら、亮は最後の突き入れを見舞った。

パンと肉音が立つほど強く打ち込むと、媚乳がぶるんと弾《はず》み、ピンクの尖りが舞い躍った。亀頭部を最奥にまで潜り込ませ子宮口と熱くキスを交わす。双方の快楽が強大に増幅され、二人は一気に上り詰めた。

「菜々緒さん、射精《で》るよっ……。ぐわあああぁ、で、射精《で》るっ！」

ぐうぉんっと尿道を牡汁が遡る。射精を促すようにタイミングよく膣襞がむぎゅりと肉棒を締め付けてくる。女陰に熱く抱きすくめられた分身は、ぶるんと引き攣り、夥《おびただ》しい量の白濁液《はくだくえき》をまき散らす。

「あっ、はぁっ、ああっ、んッ、あはあああぁ〜〜っ！」

途端に指を噛《か》んで身悶える菜々緒。熟した肢体は艶めかしい朱色に色づき、すっかり発情しきっていた。口端からたまらないとばかりに艶めかしい声が溢《あふ》れる。

子宮に精子を浴びながら、夫を喪《うしな》って以来三年ぶりの膣イキを味わっているのだ。

「おふうう。な、菜々緒さん」

二撃、三撃目を打ち放ち精巣をすっかり空にすると、力尽きて亮は若未亡人のふかふかの肉の上に覆いかぶさった。

早鐘を打っていた菜々緒の心臓が、次第にトクントクンと穏やかになるにつれ、満足しきった亮の肉棒も、急速に萎《しぼ》んでいく。

ふと菜々緒の顔を覗き込むと、微かに潤みを残した漆黒の瞳とぶつかった。

「初体験はどうだった？　菜々緒で満足してくれた？」

「ええ。最高でした……。でも、ボク夢中になり過ぎましたよね。菜々緒さん痛かったりしませんでしたか？　嬉しくて、気持ちがよくて頭の中が真っ白になって……。あっ！　ボク、膣内《なか》に射《だ》してしまってよかったのですか？」

いまさらに亮は気づき、慌てて分身を引き抜いた。

途端に、女陰からコポコポッと白い泡状の液体が零れ出る。

「あん。亮さんってなんてカワイイのかしら」

追いかけるように伸びてきたしなやかな腕が、亮の首筋に絡みつく。

そのまま菜々緒は亮をきつく抱き寄せ、黒髪の頭を胸の谷間に押し込める。

「あ、あの、早く外に出さないと……」

まだ避妊を心配している亮に、若未亡人がやさしく微笑《ほほえ》みながら首を左右に振った。

「心配はいらないわ。今は、できやすい時期じゃないから。念のために後でピルを飲んでおくわね」

菜々緒はアフターピルを所持しているのだと教えてくれた。

(なんだ。それなら慌てて引き抜かなければよかった……)

萎《な》えた分身でも、菜々緒の胎内に埋めておくと気持ちがよかった。

マシュマロのような肉房に顔を埋めながらそんなことを考えていると、またぞろ下半身がムズムズしてくる。

果てたばかりの敏感なペニスが彼女の太ももに擦れる甘い刺激も、力を取り戻す助けになる。

それに気づいた菜々緒が、美貌を赤らめながらも「まだ、したいの?」と尋ねてくれた。

第二章　官能小説マニア美女の甘い巨乳

1

「ほとんど裸に近いですよね。このランジェリー姿。ベビードールとかっていうのでしょう？　こういうのもコスプレなのですか？」

菜々緒と初体験を済ませて以来、亮は毎日のように彼女の部屋に通っている。若未亡人にコスプレの衣装を身に着けさせては、濃厚に肌を交わらせるのが日課となりつつあるのだ。

けれど、菜々緒のこんなランジェリー姿を目にするのははじめてだ。

「だ、だって、ここまで恥ずかしい衣装を最初から見せられるはずがないでしょう」

それはそうだろう。下着とさえ呼べるかも怪しいその黒いベビードールは、ほぼひも状のランジェリーなのだ。正確には、リボンだろうか。

丸く紐が左右の乳房の輪郭を沿うように配置され、それをベースに太いリボンが胸元を縦断するように覆っている。

まるで「プレゼントは菜々緒よ」と言わんばかりの女体のラッピングだ。

アンダーバストから連なる薄布は、瀟洒《しょうしゃ》なレースが施《ほどこ》されているものの、幅は十五センチほどでほとんど身体を隠していない。しかも、その長さもお臍《へそ》を隠したあたりまでと極めて丈が短くて、あとは腰のあたりに二本の紐が縦断しているだけ。

下腹部などはさらに大胆で、お腹の宛布《あてぬの》の端から二本の紐が伸びるばかりで、恥丘も陰毛も、女陰すら隠すつもりなどさらさらないのだ。

「にしても、ボクの誕生日にはまだ早いし、ましてクリスマスなんて季節外れだし」

「ああん、だって亮さんが悦んでくれるかと思って……」

ベッドの上に、おんなの子座りをして、亮の視姦を真正面から受け止めている。

コスプレ好きの彼女でも、さすがに亮の反応を気にして、怯えた小動物のような表情を浮かべているのが、たまらなく男心をそそる。

「そりゃあ悦びますよ。菜々緒さんの魅力が炸裂《さくれつ》しています。でも、何だろう。すっごくイヤらしいのに不思議なくらい美しいです」

はじめから女体を隠す意図を持っていない下着は、けれど、凄まじいほど裸身を引き立て、これ以上ないくらい柔肌を魅力的に見せるのに役立っている。

菜々緒の肉感溢れる肢体に沿って、漆黒の布紐が踊っている感じだ。

どこまでも扇情的で、可愛らしく淫靡な下着は、菜々緒の白い肌に秘めやかさを与え、妖しい雰囲気を添えている。対照的に剝き出しの下腹部は、生肌がいっそう際立ち、無性に艶めかしく感じられた。

本来は、パンティを穿くものなのかもしれないが、あえて菜々緒は着けていない。細紐が乳房や腰回り、下腹部の白肌に微妙に食い込み、その肉感の生々しさが堪らない心持ちにさせるのだ。

「ああ、あーっ。菜々緒さん濡らしているでしょう。それもお漏らししたくらいびしょびしょに。シーツに濡れシミができますよ」

押し花のように菜々緒のおんなの肉びらが、シーツにぐんにゃりと甘くよれているのだろう。もじもじと身体を捩じらせているから、そこには黒い濡れシミが拡がっているのだ。

「いやん。エッチなこと言わないで。ただでさえ恥ずかしいのにぃ」

恥ずかしいならそんな恰好をしなければいいのだが、年下の亮を悦ばせるために頑張ってくれている若未亡人に、そんなことは言えない。

（おっぱいが紐からはみ出たような感じが、エロいな……）

容《かたち》の良いティアドロップ型の媚乳は、ちょうど乳首辺りをリボンで隠されて、その白い柔肌をいっそう淫靡に際立たせ、凄まじく魅力が増している。

はみ出したデコルテや下乳が、亮の視線を釘づけにしてやまない。

「ねえ、見ているだけなの？　……いつものように、菜々緒にエッチなことしてくれないの？」

見惚れるばかりの亮に、自信を取り戻したのだろう。悪戯《いたずら》っぽく問いかけながら、物憂げな仕草で、ショートボブの髪をかきあげてみせる菜々緒。つられた乳房が、リボンの向こうで、ぷるん……と、悩ましげに揺れる。乳房の周囲の空気が揺れて、谷間から立ち昇る薫香が、亮の鼻腔を刺激する。

「すう……はあ……ふう……あぁ、なんていい薫りなんだろう……。じゃあ、エッチなことしちゃいましょうか。ほら、こっちに来てください」

手招きして若未亡人をベッドの端まで移動させると、亮は寝室の床に座り込んだ。

ベッドから垂らされた長い脚をぐっと左右に割り開き、ぐっと鼻先を膝と膝の間に押し込んでいく。

「ああ、いやん。そんなにじっと見ないで。そこは一番恥ずかしいところよ」

しどけなく露わにされた局部に熱い視線が注がれるのを感じ、若未亡人が亮に懇願する。見られることを前提にした下着を身に着けていても、羞恥《しゅうち》せずにはいられないのだろう。

「どうして恥ずかしがるんですか？　自分からこんな格好をしていて。それに菜々緒さんはおま×こを毎日ボクに見られているじゃないですか。見られるのが、嬉しいのでしょう？　コスプレイヤーですものね。……あぁ、菜々緒さん、ボク、ここにキスしたい。いいですよね？」

「あぁ、そんな、キスだなんて……あぅ」

尋ねておきながら返事など聞くつもりもない亮に、いきなり強く唇を当てられ、菜々緒は女体を震わせてしまう。やはり敏感にさせているのだ。

「ああ、やっぱり、菜々緒さんの花びら、とても甘くておいしいです……ちゅ、れろ、くにゅくにゅ……ぬと」

開いた脚の内腿に手をやり、未亡人の花びらにしゃぶりつく。緩んだ花弁を舌で割り、入口付近の膣粘膜をねっとり上下に舐め回す。

「あっ……やめて、舐めないで。そんな風に舐め……あぁっ」

腰をくねらせ菜々緒は亮の口から逃れようとするが、かえって色々な場所を刺激され、そのたび甘い声をあげている。

（おんなって不思議だな。恥ずかしがったり、見せたがったり……。でも、そこがカワイイっ！）

地味目で大人しそうな女性。控えめで清楚で、未亡人としての貞淑さや羞恥心もしっかりと持ち合わせているのに、けれど、その実態はスケベで、卑猥で、淫乱で。なのに、どこまでも美しくてと、極端な二つの貌を持つ菜々緒。

（確かにこじらせているけれど、でも、そんな二面性をおんなはみんな持っているのかも……）

決して菜々緒が特別ではないことを、この数日で何となく亮も判るようになっている。

「ちゅ、ちゅ……うう……す、すごく気持ちいい！　……はあ……ちゅ、くちゅ」

菜々緒の上半身に片手を伸ばし、リボンの隙間をすり抜けさせて、ねっとりと乳房を揉みしだく。決して強すぎないように加減することを教えてくれたのも、この未亡人だ。

スベスベの太ももに顔を挟まれながら陰部を舐めまわし、堪らず亮は自分で肉棒をズボンの上からしごいている。

「あん……亮さんったら」

亮が自慰する姿を、潤んだ瞳で菜々緒が見ている。情熱的な牡獣の愛撫に翻弄される女陰は、ますます熱く潤んでいく。

「亮さん」

菜々緒が若牡の名を呼んだ。

「はい？」

未亡人の股間に顔を埋め、夢中で舐め回していた亮は、ゆっくりと頭を上げた。

「菜々緒のことをどう思っているの？　ごめんね、急に。簡単なおんなだと思われたくないから……」

真剣な眼差しに一瞬気圧《けお》されたが、迷わず亮は強く頷いてみせた。

「好きです！　はじめて逢った瞬間から、菜々緒さんのことが好きです！　いや、好きよりももっとか……。ボクは、菜々緒さんのことを愛しています！」

その言葉にウソ偽りはない。一点の曇りもない本心だ。

まっすぐに亮の瞳の奥を覗き込んでいた菜々緒が、その美貌を蕩《とろ》けさせていく。

（その言葉が聞きたかったの……）

ありったけの想いが込められた菜々緒の瞳が、じっとこちらを見つめ返す。

「……だったら菜々緒を好きにして。菜々緒も亮さんのことを愛しているから」

「ほ、本当ですか？　……本当にボクのことを？」

「ええ」

驚く亮に、若未亡人は屈託《くったく》のない笑みを浮かべている。

「ねえ。菜々緒にも舐めさせて。亮さんのおち×ちん、してあげたいの」

菜々緒のやさしい手が、亮の身に着けているものを脱がしにかかる。

いつの間にかかいた多量の汗にシャツが重い。繊細な手指が、その前ボタンを外していく。

シャツを脱がせた手が、今度はズボンのベルトにかかる。

猛り狂った勃起は、ブリーフに大きなシミを作り、チャックを弾《はじ》き飛ばしそうなまでに盛りあがっている。

ズボンも簡単に脱がされて、あっという間にブリーフ一枚に。

そこまで亮を脱がせると、満足したかのように若未亡人はベッドの上にあお向けに寝そべった。

「恥ずかしいから、ブリーフは自分で脱いでね」

小さく笑うとポンポンとベッドを叩き、自分の脇に横になれと促している。

「ここに来て。横になって菜々緒にも亮さんを舐めさせて」

誘われるまま亮は、菜々緒の横に仰向けに寝そべった。

ふわりと漂うたまらない菜々緒の匂い。それだけでイキそうになった。

興奮しきった肉棒を、菜々緒は女体を折って咥《くわ》えてくれる。

若未亡人が口でしてくれるのは、これが初めてではない。いつも躊躇《ためら》うようなそぶりを見せながら、実に丁寧に愛情たっぷりに舐めてくれるのだ。

「あぁ、菜々緒さん！」

一方の細い手指が肉棒の付け根に添えられ、もう一方の掌は睾丸を優しく包み込んでくれる。

鈴口に朱唇がやさしいキスをする。滲み出た先走りの透明な汁をチュチュっと啜《すす》ると、舌先が亀頭を包むように表面を舐め上げる。

「ぐふうう」

ゾゾゾッと背筋を走る快感電流に喘ぎとも吐息ともつかぬ声を漏らしてしまう。

そんな亮の反応を横目に、伸ばした朱舌がツーっと裏筋を滑っていく。

「おぁぁぁっ！　うう……っ」

亮からは、次に菜々緒が何を仕掛けてくるかが見えないだけに、押し寄せる快感への対処が遅れてしまう。

「うふふ。そんなに気持ちいい？」

今度は睾丸を転がすように舌で舐めながら、右手で肉棒を擦ってくる。普段は清楚に澄ましている菜々緒が、こんないやらしい責めを仕掛けてくるのが意外だった。けれど、年上の未亡人なのだから男の急所を知っていて不思議はない。

「不思議ね。亮さんが相手だと、いくらでも大胆になれるわ」

そんな言葉で、亮の自尊心をくすぐりながら、どんどん菜々緒は淫らな本性を晒してくれるのだ。

「ホントにおかしくなりそうです。菜々緒さん。もう、我慢できません」

亮は欲情に目を血走らせ、必死のまなざしを向ける。

「挿入《い》れたいの？」

敏感に察知した菜々緒が、母性本能を露わにして訊《き》いてくる。

「上になってくれますか？」

「菜々緒が上でいいの？」

若未亡人が女性上位になってくれるのは、あの初体験の日以来だ。

亮が若い好奇心と有り余る性欲をぶつけるから、菜々緒から積極的に導く必要もなかったのだ。

「お願いします」

亮は、そそり勃《た》つ男根を少ししゃくりあげて振り回した。

クスクスと笑いながら菜々緒が半身を起こす。

「本当はこの恰好、恥ずかしいのよ……」

女性上位は、反り返った肉竿を菜々緒自ら女陰に沈ませる交わりだ。ぐちょぐちょに濡れた秘所も、お腹のあたりについた少し余分なお肉も、すべて曝け出すことになる。

「ボクが相手ならいくらでも大胆になれるのでしょう?」

先ほど朱唇がつぶやいた言葉をそのまま復唱すると、未亡人の美貌がカァッと赤く染まった。

「そうね。こんな恥ずかしいコスプレだってできるのだもの……。上になるのだって、一度しているものね」

どれほど恥ずかしくとも、必ず菜々緒は亮の求めに応じてくれるはず。すでに亮は、そんな信頼さえ菜々緒に抱いている。

それに今は、若未亡人も一刻も早く亮とひとつになりたいはずなのだ。

このセクシーなランジェリー姿は、菜々緒のコスプレ趣味の領域を超え、紛れもなく亮を挑発するためであり、すなわち早く抱いて欲しいとのアピールなのだ。

「いいわ」

結局、菜々緒はそのベビードールを脱ぐことなく、そのままの姿で亮の腰のあたりを跨いだ。

若未亡人の股座《またぐら》を縦断する二本の紐が、菜々緒の濡れた秘所を強調する。さすがに恥ずかし過ぎるのか、美貌を横に背《そむ》けている。

「ああ……おま×こ、ぐちょぐちょです」

「あン、見ないで」

亮の肉棒に右手が添えられ、愛液にぬめる女陰が擦り付けられる。ヌメった女肉の感触が、亮を官能の帳に導く。

「おおおっ」

顔をくしゃくしゃにして官能の声を漏らす亮。菜々緒が右手で肉棒をそっと握り、腰を少し浮かせて淫裂に押し当てる。

熱いとば口の粘膜が、亮の性欲をさらに煽った。

「はぁぁうっ！」

艶めかしい呻きを漏らしながら未亡人が、肉棒の切っ先を蜜壺の入口に押し当て、腰をゆっくり沈みこませる。猛る男根が、女体の中に食い込んでいった。

「ぐあっ！」

押し寄せる快感に亮は首を仰け反らせ、両手でベッドのシーツを摑んだ。それでいて肉棒をぐっと突き上げ、湿った音とともに女壺に嵌《は》まる手伝いをする。

「ああぁっ！」

快感の閃光が、亮の背筋を走り抜ける。こうして女性上位で交わるほうが、ビジュアル的にも刺激が強く、いつもより感覚が鋭くなる気がした。

「おうぅぅっ。な、菜々緒さぁん」

何度となく肉契《にくちぎり》を交わしたお陰で、菜々緒の女陰はすっかり亮の分身の容《かたち》を覚え込んでいる。お陰で、その咥え込みも、ずぶずぶずぶっと根元まで一気に進む。

それでいて、そのスムーズさには似つかわしくないくらい、しこたま牡牝の性器が擦れ合い、凄まじい悦びが湧き上がるのだ。

「ああん、挿入《はい》ったわ、亮さん」

「あそこが……いつもより締まってます。くああ……いい」

早速とばかりに菜々緒が腰を前後に揺らし、蜜壺で肉棒を擦る。クリトリスを亮の股間の性毛に擦りつけ、全身を悦楽に浸している。

「んぅぅ……菜々緒も……」

徐々に腰の動きは速くなり、互いの快感が急カーブを描いて上昇していく。菜々緒は腰をくねらせ、亮は肉棒を軽く上下させている。

息もぴったりにクチョクチョと淫猥な音を奏でる。ときおり、飛沫《しぶき》のように愛液が噴きだし、亮のお腹に飛び散っている。

ふたりは時が止まるほど、夢中で擦りつけ合い、貪《むさぼ》りあい、求めあうのだった。

2

「あぁぁっ、何だかなあ……。菜々緒さんを抱けない夜って久しぶりだものなあ……。いつも何をして過ごしていたのだっけ？」

美味くもまずくもないコンビニ弁当を独《ひと》り侘《わび》しくつつきながら、亮は溜め息を吐いた。週末だというのにすることもなく、弁当と一緒に買った缶チューハイも五本全て飲みつくしてしまった。

「ごめんなさい。亮さんとこうなる前から予定していた旅行なの……」

菜々緒は、学生時代の女友達と三人で温泉旅行に出かけている。

恨めしそうな目をする亮に、菜々緒は「やっぱり旅行をキャンセルしようかな」と言い出していたのだが、さすがに、それでは大人げないと「楽しみにしていたのですから、行ってらっしゃい。ボクは映画でも見て適当に過ごしますから」と送り出したのだ。

内心に、よほど亮もついて行こうかと思ったくらいだが、それもまた大人げない。

第一、亮のような強面が一緒では、菜々緒に迷惑をかけてしまうと、やむなく自分の部屋でこうして独りぼんやりしているのだ。

「菜々緒さんに言っていたように、映画でも見に行けばよかったかな？」

とは言え、それほど見たい映画もない上に、見るのであれば菜々緒と一緒がいい。

映画の醍醐味《だいごみ》は、その後の感想会にあると亮は思っている。

「恋愛映画の後に、高まった気分で菜々緒さんとエッチしたいなぁ」

結局、亮の思考はそこに落ち着く。

「だって仕方ないじゃん。菜々緒さんから求めてくるのだから……」

むろん、それは精力を持て余している亮への大人の気遣いと判っていても、あれほどの美女から求められるのだから満更《まんざら》ではない。

「ああ、畜生。言ってたらやりたくなってきた」

ふと壁に飾られた絵の中の美女、嫣然《えんぜん》と微笑む亮の女神さまと目が合った。その貌が菜々緒のものとダブり、急に亮は照れくさくなる。

こんな馬鹿な独り言を菜々緒に聞かれたら、絶対に呆れられると思ったのだ。

「えーっと。スマホはどこに置いたっけ……。ああ、サイドテーブルの上に置きっぱだったか」

まるでそこに菜々緒がいるかのように誤魔化しの言葉を口にしながら、スマホを手にした。

むろん、何を見るでもないから、適当に画面をスワイプしていく。

「あれっ？　これって……」

目に留まったのはComp と表示されたアイコン、つまり例の『こじらせ男女の性癖マッチングアプリ』だった。

何か知らせがあるようで、アイコンの右斜め上に赤いポッチが点《つ》いている。

思えば、菜々緒と関係を結んで以来、すっかりこのアプリにも興味を失い、開くことさえなかった。

「なんだろう。まさか、菜々緒さんとマッチングが成功した分の請求とかされるんじゃないよな？」

元々怪しいと思っていたアプリだけに、成功報酬を払えと請求されても不思議はない。しかも、これ以上ないというほどの美女と結ばれたのだから、亮的にも支払える分だけは支払いたい気になっている。

「まあ。そう言う気持ちがあるだけで、実際には払わないけどね」

たとえ取り立て屋が押しかけても、大抵の奴であれば、この顔にビビって逃げ帰ってしまう。それが強面を持つ唯一の特権だ。

「でもどうするかなあ。一応は大恩もあるんだし、何のお知らせかくらいは確認しておくか？」

とはいえ、このアプリを再び開くのは、何となく菜々緒に対し後ろめたさがあるのだ。まるで浮気でもするような気分だ。

心のどこかで、もしや菜々緒の他にも送った女性へのメッセージに返信があったのではと思っているのだ。

強面フェチとまでは言わずとも、ワイルド系がお好みの女性は数多《あまた》いるはず。そんな期待がどこかにあるから、菜々緒への後ろめたさを覚えるのだろう。

「いやいやいや。この顔を許容してくれるのは、菜々緒さんくらいのモノでしょう」

そうは言いながらも、結局、誘惑には抗えずアプリを起動させた。

マイメニューのアイコンの上に赤い更新マークを見つけ、タッチしてみる。

「おおっ！　メッセージボックスに返信がありますだって？」

導かれるままメッセージボックスを確認すると、確かにそこには一通のメッセージが残されている。

想像通り、最初に亮が手当たり次第に送ったメッセージに対し、菜々緒の他にも返信があったらしい。

慌てて中身を確認してみると、「はじめまして」の挨拶と、まさかの「あなたとお話がしてみたいです」とのメッセージだった。

「うほぉっ！」

思わず感嘆の声を上げたものの、むろん、これはとっかかりにすぎず、アプリのメール機能を通じて、少しずつ距離を縮めていく作業が残されている。

それでも亮の顔写真は確認しているはずだから、少なくとも一番のネックはパスしたらしいのだ。

「うわあ。うわあ。どうしようかなあ……。せっかくだからなあ。もちろん、僕には菜々緒さんという人がいるのだから、丁重にお断りするにしても……。やっぱ、どんな人がメッセージをくれたのかくらいは知りたいなあ……」

あるいはシラフの状態であれば、その誘惑に抗えたかもしれない。けれど、久しぶりのアルコールだったせいか、しっかりと酔いが回って、亮の理性を少なからず麻痺《まひ》させている。

「ごめんなさい。菜々緒さん。ちょっと写真を見るだけですから……」

この場にいない菜々緒に謝りつつも、亮はその写真を確認した。

3

「あのぉ。宮内亮さんですよね」

約束の時間ぴったりに、亮は声を掛けられた。駅で待ち合わせしていたのだが、てっきり左右どちらかの道から現れると思いきや、彼女は改札口から現れ、背中から声をかけてきたので、いささか虚を突かれた。

どうやら彼女も会社帰りであったらしい。隙なく着こなされたレディース用のビジネススーツが、それを物語っている。

「あっ！　そ、そうです。えーと。ひ、平木亜弓《ひらきあゆみ》さんですね」

会社終わりの時間とはいえ、まだ空は明るい。アプリで顔写真は確認しているから彼女が実物の亜弓だとは判る。

平木亜弓　三十歳　バツイチ　キャリアウーマン　フェチ・官能小説――それがアプリが伝えてきた彼女のプロフィールだ。

官能小説フェチという部分が、よく分からなかったが、菜々緒以上に亮の女神さま――例の絵の女性――に、そっくりな女性が、やわらかくそこで微笑んでいる。

あの日、亜弓の写真を確認した亮は、思いのほか彼女が女神さまの面影を持っていることに仰天してしまった。

散々迷った挙句、「菜々緒さん、実は……」と、旅行から帰ってきた若未亡人に相談を持ち掛けたのも、それ故だ。

亜弓からのメッセージに返事をする以前に、こんな相談をするのはどうかと思うし、ズルいと詰《なじ》られるかもしれないが、相談せずにいられなかった。

「で、亮さんは、どうしたいの？」

菜々緒からそう訊かれても、亮には答えられない。それだけ菜々緒のことを愛している自覚がある。彼女を大切にしたい思いがあるのだ。

その一方で、もうかれこれ十年越しとなる片思いの相手を確かめたい衝動を抑えられずにいる。

「うふふ。そんな困った顔をしなくても大丈夫よ。この女性が例の絵のモデルかどうか確かめたいのでしょう？　たとえモデルじゃないにしても、亮さんはまだ若いのだから、菜々緒の他にも色々な女性と経験しなくてはだめよ」

やはり菜々緒は、大人のおんなだ。しかも、亮にはもったいないほどのいいおんななのだ。

「でも、勘違いしないでね。菜々緒は亮さんのこと、諦めたりしないから。大好きだし、愛しているの。でもだからといって亮さんを束縛したくないの。妬《や》けるし、癪《しゃく》でもあるけれど、亮さんのためだから。それに亮さんの有り余る性欲は、菜々緒一人の手には余るし」

お道化《どけ》るようにして亮の背中を押してくれる若未亡人に感謝しながらも、亜弓とのやり取りをはじめたのだ。

菜々緒にメッセージの添削までしてもらい、何度かやり取りを重ねるうちに、ようやく亜弓がアプリ上のデートＯＫボタンをクリックしてくれた。

あとは例の如くアプリのフォーマットに従い、互いの予定を調節し、待ち合わせ場所を決めたのだ。

　想定外だったのは、食事の店の予約を今回もアプリに頼ろうと思っていたところ、亜弓の方から自宅で手料理を振舞いたいとのお誘いを受けたことだ。

「ファーストデートで自分のお部屋にご招待なんて、かなりの脈ありね」

　そう菜々緒にからかわれ、亮はどんな顔をすればいいのか困ったものだ。

「せっかくなのだから、ちゃんと楽しんでいらっしゃい。頑張ってね」

　と、菜々緒に背中を押された亮は、心臓を高鳴らせて待ち合わせの駅にやってきたのだ。

　菜々緒の指摘通り、いきなり部屋に案内してくれる亜弓は、やけに積極的だ。しかも、こうして直接対面してみると、アプリの写真以上に女神さまに似ているのだ。

（うわあぁっ。絵から抜け出して、ここに現れたみたいだ……！）

　驚きよりも感動が先立つほど瓜二つと言っていい。

　全体の印象に加え、スッと通った鼻筋や官能的な口元なども、絵そのままで、口元のホクロまでが同じ場所にある。唯一、切れ長の眼だけが、ちょっと違うくらいだろうか。

（あれっ？　でも、どうしてだろう。菜々緒さんとは、似ていないかも……？）

二人共に、女神さまに瓜二つと感じるのに、菜々緒と亜弓はまるで似ていない。

共通点があるとすれば、清楚さや清潔感、上品な雰囲気といった彼女たちが纏《まと》う空気感や印象くらいで、目や鼻といったパーツには似たところが見られない。それを不思議に感じるものの、すぐに亮は亜弓が放つ官能味に心を奪われた。

（何だろう、亜弓さんのこの色っぽさは……。服を着ているのに、女神さまのヌードより色っぽいかも！）

バツイチの熟女だからなのだろうか。小柄な割に、いかにも成熟した肉体がムチムチッとしていて、A5ランクの肉感ボディといった感じなのだ。

トランジスタグラマーとは、亜弓のようなボディのことを差すのだろう。そのスーツ姿には、いささかの隙も乱れもないのに色香がダダ洩れになっている。

「あ、その荷物。ボクが持ちます」

手料理を振舞うための買い物を何処《どこ》かで済ましてきたのだろう。亜弓がぶら下げていた、食材で一杯になったエコバッグを亮は受け取った。

「うふふ。紳士なのね。やっぱり亮さんは、私のタイプに近いかも……」

そう艶冶《えんや》に微笑みながら亜弓は、大胆にも腕を絡めてくる。

菜々緒の時もそうだったが、亮に対し三十路の女性はどうしてこうも積極的なのだろう。二十代の女性たちは、ことごとく亮に「顔が暴力的！」と、後ずさりさえするほどなのに、彼女たちは臆《おく》することなく迫ってくるのだ。

「こ、強面好きなのですか？　生憎《あいにく》、ボクは中身が伴《ともな》っていませんよ」

飾ることもカッコつけることも放棄して、素《す》のままを出すことにしている。菜々緒もそこが亮の魅力と助言してくれた。

「あら、怖い顔の人って、内面はやさしいって聞いているわ。悪い人はいないって」

強面に悪い人がいないとまでは思わないが、少なくとも亮はワルではない。自分で言うのも変だが、むしろ、お人好しの部類に含まれると思っている。

「それに亮さんは、あの一流商社に勤めているのでしょう。勤め先が、亮さんが一流の人材だと裏付けているようなものじゃない」

少しでも女性にもてたいと死ぬほど勉強して、一流商社に潜り込んだ努力が、ついに報《むく》われた。

そう言う亜弓も一流企業に勤める企業戦士だと聞いている。

なるほど勤めている会社が亮の裏書をしているという考えは、亜弓がキャリアウーマンだからこその視点だろう。

「確かに、ボクは悪い奴じゃないけれど、いいのですか？　そんなに容易《たやす》く人を信用して……」

「うふふ。こう見えて、人を見る目は養われているわよ」

豊かな乳房がやわらかく亮の肘にあたっている。あたりが徐々に暮れなずんでいくから、亜弓は人目を気にせずに済むらしい。

（そういえば菜々緒さんとも、一度こんな風に歩いたっけ……）

頭の片隅《かたすみ》では菜々緒に悪いと思うものの、こうして女性と腕を組んで歩くことが夢でもあっただけに、雲の上を歩くような心地がした。

4

「ごめんね。お腹空いてるわよね。すぐにできるから、あと少しだけ待ってね……」

レディーススーツから部屋着に着替えた亜弓は、魔法のように手際よく料理を仕上げていく。

普段着とは言っても、そこは亮の目を気にしてかフェミニンなおしゃれ着に近い。

コットン生地のカットソーは、女性らしさが際立つノースリーブな上に、どきりとするほど大胆に胸元がV字にカットされている。しかも丸い乳房に沿って生地がクロスするデザインとなっているため、余計に豊かな胸元が目立つのだ。

ビジネススーツでさえ隠しきれていなかったトランジスタグラマーの色香が、その服装ではさらにダダ洩れになっている。

「お口に合うか判らないけど、遠慮せずに食べてね……」

上目遣いも色っぽく料理を運ぶ亜弓。大胆なV字カットの襟ぐりから悩ましい谷間が覗ける。

まるで私を食べてと言われたような気がして、亮は下腹部を熱く昂ぶらせた。

並べられた料理は、どれも見栄《みば》えといい、漂う芳香といい、極上のものばかり。

料理上手は、段取り上手で、床上手だとも聞く。思えば菜々緒の手料理も美味かった。ということは、亜弓もまた床上手なのだろうかと、またぞろ視線が媚熟女の胸元に吸い込まれる。

「い、いただきます」

いつまでも魅惑の谷間を愛《め》でる訳にもいかず、亮は必死にそこから視線を引き剝がして料理の方に意識を向けた。

まずは「胃の準備に……」と、薦められたサラダから手を付ける。

口の中で、ニンニクとレモンの効いたマヨネーズベースのソースがアスパラの甘みを引き立てる。一緒に頬張ったエビのプリプリとした食感が秀逸だ。

「そろそろ旬《しゅん》も終わるけど、いいアスパラが手に入ったから……。亮さんのお口に合うとうれしいのだけれど」

亜弓の謙遜《けんそん》の言葉が嫌味になりかねないほどの美味さに、言葉もなく一気に皿に盛られたアスパラとエビを平らげてしまった。

「アリオリソースと言うのでしたっけ。このソース最高です！　美味しいにもほどがあります」

心配そうに亮の食べる姿を見つめていた亜弓が、うれしそうに微笑んでくれた。

わずかに身じろぎするだけでも、その豊かな胸元が悩ましく揺れている。

「アリオリソースを知っているのね？　さすが一流商社の社員は、食通なのね」

ソースと商社が、なぜそこで結びつくのかよく判らないものの「さすが」と褒められるのは嬉しい。

「何となく頭に残っていただけで、雑学みたいなものです。でも、亜弓さんみたいな美しい人に褒められるなら、そんな知識も無駄じゃなかったな」

「まあ、お上手。亮さんって本当に頭がいいのね。物言いが洗練されているもの……。それに、見事な食べっぷりにも惚れ惚れしちゃう」

頭はともかく、食べっぷりなどを褒められたのは初めてだが、悪い気はしない。照れ笑いを浮かべると、それまでも亜弓は褒めてくれた。

「ああん。亮さんって笑うと可愛いのね。ちょっとワイルドで、いたずらっ子みたい。キュンキュンしちゃうわ」

強面をそんな風に言われるのもこれまたはじめてで、さすがにどうしていいのか判らなくなる。

「ごめんね。初対面の男性に可愛いだなんて。気を悪くしないでね。でも、本当に母性本能をくすぐられて……。亮さん、そういうタイプだって言われたことない？」

思えば、菜々緒からも母性本能をくすぐると言われた覚えがあるが、いまいち亮には理解できない感性だ。

「気を悪くなんてそんな……。可愛いと言われ慣れてないから照れただけです。だってほら、こんな怖い顔してるでしょう。だから……」

「うふふ。もしかして亮さん、強面を気にしてる？　そんなこと気にすることないわよ。亮さんの顔は、ワイルドで味はあるけれど怖くはないわ。それに男は顔よりも内面でしょう。私の直感では亮さんって、とっても器の大きな人だと思うの」

亮のどこを見て器が大きいと見立てたのかは判らないが、本当に媚熟女がそう思ってくれているのであればうれしい。

「亮さんは、相手に嫌な気分を与えないし、いい顔で笑うわ。そういう顔はなかなかできないものよ」

やわらかい眼差しで、実はしっかりと相手の内面を見ているあたり、やはり亜弓は大人の女性であり、しっかりとした足取りで世の中を生き抜いているキャリアウーマンなのだ。

亮も商社マン三年目にして、ようやく相手のすごみが判るようになっている。

（ヤバぁ。亜弓さんって、ただ美しいだけじゃなくキレものなんだ……）

ごくりと生唾を呑む亮の様子に、亜弓はそれと察したのだろう。取りなすように、次の料理を薦めてくれる。

「ほら、そんなことよりも食べて。せっかくの料理が冷《さ》めちゃうわ」

促されるまま箸《はし》をつけると、これがまた激ウマだった。

新ジャガとエノキを牛肉と共にピリ辛に炒めてある。

ほくほくのジャガイモの食感と牛肉の甘みがピリ辛に引き立てられて絶品だ。

「ああ、これも美味しいです。ちょっと韓国風で病みつきになりそうです」

絶賛する亮に、またしても亜弓の美貌が蕩けそうな表情になる。

褒められるのが余程嬉しいのだろう。うふふと笑う媚熟女の豊満な乳房が、華《はな》やかに揺れている。

またしても吸い込まれる視線。目のやり場に困り、亮は話の接ぎ穂を探した。

「そう言えば、亜弓さんのプロフィールにあった官能小説フェチってなんですか？」

褒められてばかりであったこともあり、少なからず気持ちが緩んでいたのだろう。考えもなく尋ねた途端、亜弓の頬がポッと赤く染まった。しかも、見る見るうちに、その大きな瞳にトロリと湿り気を帯びていくのだ。

図らずも亮は、何かのスイッチを押してしまったらしいと理解しながらも、その生唾ものの色っぽい美貌からさらに目が離せなくなった。

5

（うわあ。色っぽいを通り越えて亜弓さんの顔がどエロい！　なのに、なんて美しいんだ……）

あの亮の女神さまさながらに素肌を晒しているかのように、凄まじい色気が放たれている。

亮の熱い視線を浴びながら亜弓は、傍らの棚から一冊の本を取り出した。

本のタイトルは『ふしだらお姉さんの誘惑』とある。

「あのね。官能小説に描かれているようなことを自分がされているように妄想しながら自慰をするの。パートナーと一緒じゃないとできないことは、小説と同じような行為をすることね」

なるほど亜弓も、かなり性癖をこじらせている。キャリアウーマンの貌を霧散させ、ハッとするほどの色香を発散させている。まるでトランジスタグラマーの女体から、艶めいたオーラが立ち昇るようだ。

「例えば、この小説。ちょうど、この主人公の名前って亮なのだけど……」

意味ありげに亜弓がテーブルの対面から色っぽい流し目をくれる。

『少しばかり何か企《たくら》むような表情をかほるが見せたかと思うと、テーブルの下、亮の足に、彼女のやわらかい脚先が触れた……』

唐突にはじまったその言葉通りに、媚熟女の繊細な脚先が亮の足に触れた。

『何気に、当たったのではない。亮の足を擦るように、すらりとした脚を伸ばし、絡めようとさえしてくるのだ。けれど、その足の動きはどこかぎこちなく、彼女が緊張していることまで伝えている……』

亜弓の脚先が、ゆっくりと亮の足に擦り付けてくることで、ようやく亜弓が官能小説を朗読《ろうどく》しながら同じ行為をトレースしているのだと気づいた。

『亮さんもご存じよね？　海外では、こうやって相手を誘うのです……。大抵は男の人から誘うのだけど……。他人には気づかれないように、テーブルの下で……。セクシーな大人のやり取りよ。映画とかで、見たことありません？』

言いながら亜弓の脚先が、亮のふくらはぎを撫でたかと思うと、徐々に太ももへと上がってくる。

ふっくらと艶めいた唇を強調するように、ピンクの舌がセクシーになぞっていく。

「その仕草も、その本に書かれているのですね？」

「そうよ。小説の通りであれば、普段できないような恥ずかしいこともできると思うの……」

微妙な亜弓の口ぶりに引っ掛かり、亮はそれを深掘《ふかぼ》りした。

「できると思うってことは、もしかして亜弓さんもこういうフェチを体験したことはないのですか？」

「やっぱり亮さんは頭がいいのね。鋭いところを突いているわ……。正直、こういうことってパートナーの理解が必要でしょう？　中々、難しいのよ。だからこそ、性癖マッチングアプリに登録したの。亮さんも、そうでしょう？」

なるほどそういうことかと、今更に亮は理解した。まさかとは思うが、亜弓がバツイチとなった理由は、性的な価値観の違いではないかとさえ想像してしまう。

（理知的で、いかにもキャリアウーマンらしい亜弓さんなのに、その裏にそんな貌が隠されているなんて……。やっぱおんなってエロいっ！）

亜弓の隠し持つ二面性に驚きながらも、その複雑さに魅入られる亮。その下腹部を亜弓の足の裏が悪戯にやさしく押してくる。

『ただでさえ屹立《きつりつ》させていた分身が、ズボンのファスナーを壊す勢いで、ミリミリッと肉音を立ててさらに膨らんだ。かほるの足の動きに、ぎこちなさは否めなくとも、それでも十二分に魅力的なのだ』

（あぁ亜弓さん、続けるつもりなんだ……。ってことはボクをフェチのパートナーとして認めてくれたのだな……！）

『漆黒のロングヘアからたなびいてくる甘い香りに、微かに甘酸っぱい臭気が入り混じるのを確かに亮は嗅《か》ぎ取った。一瞬にして男を誑《たぶら》かすようなな牝のエッセンスに、脳髄が焼き切れそうになる。先ほどから生殺しにも近い状況で、溜りに溜まった精液がいまにも暴発しそうだ』

なるほど亜弓の朗読は、確実に亮の耳を刺激する。ただでさえ官能的で甘い声に、徐々にその昂《たか》ぶりが載せられていくから、興奮を煽られずにいられない。

「ああん。亮さんの表情、いまにも蕩けそう……。これがそんなに気持ちがいいの？」

一瞬それが本を朗読してのものか、亜弓自身の言葉なのか判らなかった。けれど、いつの間にか亜弓の視線は本を離れ、亮の様子を観察していた。

相変わらず脚先が、ズボンの膨らみにあてられ、アクセルを踏むようにクイッ、クイッと押されている。その動きには、どこか亮の快感を探るようなぎこちなさが感じられた。けれど、むしろ、その奥ゆかしさを纏った躊躇いがちの淫らさが、亮には好もしく思えた。

「え、ええ。気持ちいいです。こんなシーンが官能小説では描かれているのですね。ボク、あまり読んだことがなくて……」

グラビア中心のエロ本やその手のコミックスは読んだことはあるが、官能小説はちょっと面倒に思えて手に取ったことがない。

「官能小説に興味はないの？」

ちょっとがっかりした様子の亜弓に、亮は慌ててフォローする。

「活字じゃないエロ本とかは見ますよ！　アダルトコミックスとかも……。小説に興味がない訳じゃなくて、そっちの方が、刺激が強い気がして……」

正直に告白する亮に、亜弓が艶冶に笑って見せた。

「うふふ。正直なのね。好感が持てるわ……。そっか、亮さんのフェチは二次元だったわね……。コミックスとかに描かれる美少女とかに萌《も》えるのでしょう？」

アプリに記載した亮の性癖を亜弓も記憶していたらしい。けれど、亮の二次元フェチに微妙な誤解があるため、その辺りの修正をした方がいいだろう。

「美少女にも萌えますけど、どちらかと言えば、大人っぽい女性の方が好みです」

「ああ、やっぱり！　亮さんをアプリで見つけた時に感じたの。何となくこの人は私のフェチと近しいモノを持っているって……。いきなり部屋にお招きしたのも、そんなシンパシーを感じたからなの。でもよかったわ。亮さんが年上好きで……」

色っぽく亜弓が微笑むたび、亮はキュッと心臓を鷲掴みにされてしまう。すっかり媚熟女の虜《とりこ》にされた状態だ。

「それに、亮さんのようなフェチならなおさら官能小説はお奨《すす》めよ。二次元とか活字で妄想を膨らませることができるのは、頭のよい証拠だし……」

亜弓の言う通り、二次元フェチや官能小説フェチには、ある程度の知的レベルを必要とする。亮も女神さまとの睦事《むつごと》を幾度も妄想してきたからよく判る。

恐らく、今も亜弓は現実と妄想の狭間《はざま》でテンションを高めている。そのドキドキ感が彼女の足からも伝わってくる。

「おんなの人にこうして足でおち×ちんを押されるのってはじめてですけど、なんか興奮します！　足フェチの人の気持ちが判る気がする……」

「そんなに気持ちがいいの……？　あのね、この小説には、そういうシーンはないけど……。こういうのが好きなら足で擦ってあげましょうか？　上手くできるかどうかは、判らないけど……」

もしかすると亜弓は、別の小説でそういうシーンを読んでいるのかもしれない。それを思い浮かべ、実践してみようというのだ。

「足でボクのち×ぽを？　お、お願いします」

ぶんぶんと首を縦に振る亮に、媚熟女がゆっくりと立ち上がり、こちらへと移動する。傍らに来た媚熟女に、何事かと亮が体を向けると、亜弓はその場に跪《ひざまず》いた。

繊細な指先が亮のズボンのファスナーの引き手を摘まみ上げたかと思うと、すぐに独特のファスナー音が股座から響いた。

蒸されていた空気が抜け、ズボンの内部に籠《こも》っていた臭気が放出される。

決して不潔にしていたつもりはないが、亜弓の足裏に刺激され、すっかり勃起して先走り汁の雫まで滲ませていたから刺激臭が亜弓にも届いたはずだ。

「うふふ。亮さんのおち×ちんは、どんなかしら……」

亜弓ほどの美女に性器を見られる気恥ずかしさに、口数が減る亮。それを和《やわ》らげるかのようなおどけた口調で、媚熟女が陰茎をまさぐってくる。

パンツからボロンと飛び出した肉棒を目にした途端、亜弓がごくりと生唾を呑んだ。切れ長の眼が、パチクリと二、三度瞬《また》く。目を疑うような亜弓の素振りに、亮は盆《ぼん》の窪《くぼ》を掻いた。

「あ、亮さんのおち×ちん、凄いのね。足で触れた時に、大きいとは思ったけれど、まさかこれほどだなんて……。官能小説では、巨根ってよく出てくるけど、こんなに大きなおち×ちん、実際にあるなんて思ってもみなかったわ」

目を丸くして、亜弓が勃起した肉棒と亮の顔を交互に見比べている。

「そうなのでしょうか。ボクは見慣れたものなので……」

いくら男同士でも勃起した状態で比べることはまずない。菜々緒からも大きいと褒められてはいたが、社交辞令のように受け止めていた。

「これで平均ってことはないと思うの。少なくとも私が知る誰よりも大きいわ」

その口ぶりでは、さぞかし亜弓が経験豊富に思える反面、怪しげなアプリに頼るくらいなのだから、言うほどでもなさそうにも思える。

その証拠に肉槍の硬さでも確かめるように、指先でつんつんと押してくる仕草は、まるではじめて勃起を見るような初々《ういうい》しささえ感じさせるのだ。

それでいてグロテスクな肉棒に対する恐れや抵抗感など、まるで感じさせない。

(亜弓さんって、ちょっと天然なのかな……。でも、その捉えどころのない感じが魅力かも)

心地よい空調も亮の放つ熱気に負け、ぐんぐん部屋の温度は上がっていった。

6

「椅子よりも、あっちのソファの方がやりやすそう」

亜弓の提案にダイニングからリビングに移動する。

そのままソファに腰かけた亜弓が、床に腰を降ろした亮の股間に足を押し付けた。

「私、本当はマゾ系だから、こういうの上手くできるか自信ないけど……」

美貌を上気させ、明け透けに自らのM属性を告白する亜弓。丸出しの亮の肉棒を艶やかな脚先でやわらかく弄《もてあそ》んでいる。

遠慮がちに二度三度と踏みつけにした後、両サイドから足の裏に挟むようにして、器用に擦り付けるのだ。

「おうっ……。じょ、上手ですよ。気持ちいいです！」

その言葉通り、亮の下腹部に淡い快感が湧き上がっている。興奮のボルテージも留まることなく上昇を続けていく。

（凄い！　気持ちがいいのもあるけど、この眺めも最高だ……！）

膝小僧手前までの黒のミニ丈のスカートの中身は、スキニーベージュのセパレートストッキングに包まれたしなやかな美脚だ。

しかも、そのストッキングは明瞭に足指を透かしながら、膝小僧の少し上あたりまでで途切れている。その先は、生肌を惜しげもなくひけらかしているのだ。

さらにその奥には、濃紺のサテンショーツが、揺れ動く内ももの隙間からチラチラと覗き見え、眼福を与えてくれていた。

三十路《みそじ》の媚熟女のムッチリとした太もものいやらしさと相まって、パンティを覗き見る興奮は何物にも代えがたい。

（ああ、やっぱボクもこじらせている。変態の域に達しているよな……）

どれほど自虐しても、しなやかな美脚とパンティの奏でるコラボレーションは、亮の股間を淫らに滾《たぎ》らせる。

「もう。亮さんの眼、凄くいやらしいわ！　スカートの中を覗いて悦ぶなんて、変態ね!!」

股座《またぐら》を覗かれていると知りながら、亜弓は揶揄《やゆ》するだけで咎《とが》めはしない。むしろ、蟹股《がにまた》に太ももをくつろげ、パンティを見えやすくして、亮の性欲をさらに昂らせようとさえしている。

「ああ、だって亜弓さんのスカートの中が、これほど魅力的だと気づいてしまっては、覗かずにいられません」

ほとんど素肌のような色合いの化繊を纏った爪先がつつぅっと裏筋を這う。

足指のやわらかく温かな質感とナイロンのさらりとした感触が、とてつもなく淫靡な刺激を送り込んでくる。

「おおあぁっ。ストッキングがすべすべしています。気持ちいいですぅ〜〜！」

三十路の美熟女にも、足コキの経験はないらしい。その足指の淫らな蠢きには、多少のぎこちなさが感じられるものの、恐ろしいほどの興奮に包まれているから十二分に快感を得られる。

「ああん。亮さん、本当に気持ちがよさそう」

「いいですよ。本当に気持ちがいい！　足で扱《しご》かれてこんなに興奮するボクは、亜弓さんの言う通り変態です」

セパレートストッキングに飾られた美脚で擦られていると、猥褻《わいせつ》で退廃的な悦びが次から次へと湧いてくる。

「確かに変態さんチックだけれど、ああでも、亮さんが、こんなに私の足に興奮してくれてうれしい！」

肉棒を挟んで圧迫していた足裏が、そのまま淫らな昇降をはじめる。ストッキングの滑らかな布地がカリ首を悩ましく擦り、さらなる悦楽を弾けさせた。

「うおっ！　これ凄すぎです。手の感触とも全然違って……ほおおぉっ！」

素肌と擦れるのとは、また違った快感。繊細なナイロン生地が生む未知の擦過が、塊茎を這い回る血管や皮膚性感をたまらなく刺激していく。

体中の血液が全て肉棒に集まっていくのを感じ、亮は熱い咆哮《ほうこう》を禁じ得ない。

「ああん。亮さん、本当に気持ちよさそう。切なげに顔を歪《ゆが》めて、なんだかゾクゾクしてきちゃうわ」

亜弓もまた興奮に美貌を赤く染め、その膚下から濃厚な牝フェロモンを分泌させている。

自らの肢体のセクシーさが、どれほどのものなのか自覚があるのだろう。亮のぎらつく目に下着姿の下腹部を晒し、足で勃起したペニスを踏みつけるのだ。しかも相手が、自分より年下の男であることもさらに興奮を誘うようだ。

(ああ、ヤバい！　亜弓さんの美しさがどんどん冴えていく。すっかり虜にさせられる……！)

ビジネススーツに身を包んでいた時、亜弓は凛《りん》としたキャリアウーマンそのもので、完全にその色香をオフにさせていた。けれど、一度彼女が秘めたる淫らさや牝性を解放させた途端、凄絶な妖艶さをまざまざと見せつけてくるのだ。

(マゾ系って自分では言っていたけど、Ｓっ気を解放させた亜弓さんもヤバいくらい綺麗だ！)

嫣然たる媚熟女から足先で男根を弄ばれる快感に、亮の中のマゾヒズムが刺激され、鈴肉からドピュドピュッと次々に先走り汁が溢れだす。

光沢を放つストッキングが穢れ、亜弓の爪先が粘った糸を引く。

「ああん。こんなに我慢汁をお漏らしするなんて、亮さんいけない子ね。ストッキングがぐちゃぐちゃになっているわ」

正直、これほどの興奮は一度も味わったことがない。

「あー。ああっ……」

亮は情けなくもぶざまに嬌声をあげていた。

滑らかな踵《かかと》が裏筋を撫でてくる。足の爪先で亀頭エラを嬲られる。

「ああん。感じているのね。私の足が気持ちいいのね……」

亜弓の問いかけにビクン、ビクンと、ペニスが首を振って脈動した。肉の強張りでキャリアウーマンの足の裏を押しかえす。

「浮きあがった血管の一本一本が、私の足の裏に感じられるわ」

迸る熱い雫が、すっかり亜弓のストッキングを濡らしている。

媚熟女の額に汗が滲んで光っていた。神経を足の裏に集中させるように、亜弓は目を細めている。

「ああ、もう射精《で》ちゃいそうです。で、でも、できるなら亜弓さんのおっぱいに挟まれて射精《だ》したい！　そういうのも官能小説に出てきますよね？」

調子に乗った亮は、思い切って亜弓にパイ擦《ず》りをリクエストした。激烈な色香を放つ媚熟女であれば、何でもしてくれそうに思えたのだ。

「ええ。よく出てくるわ……。パイ擦りがお望みなのね。ＯＫ。それじゃあ、亜弓のおっぱいに挟まれていっぱい射精《だ》してね」

何ら躊躇《ちゅうちょ》することもなく承知してくれる亜弓。妖しく美貌を紅潮させながら両腕を交差させ、自らのカットソーの裾に手を掛けた。

小さなお臍《へそ》が覗けたかと思うと、すぐに下乳の丸みが姿を現す。パンティとお揃いの濃紺のブラジャーには、金糸銀糸による花柄の刺繍《ししゅう》が瀟洒《しょうしゃ》に彩《いろど》りを添えている。

光沢のある布地に包まれた白い双丘が、亮の瞳に焼き付く。

とても寝そべってなどいられずに、亮は上体を起こした。

「ああ、亜弓さんのおっぱい。やっぱり大きい……」

思わず感嘆の言葉を吐息と共に零《こぼ》すと、またしても媚熟女がクスクスと笑った。

「亮さんって、おっぱいフェチでもあるのね。亜弓の大きなおっぱいは、お気に召したかしら？」

「あっ！　す、すみません。胸ばかり見られると、うざいですよね」

慌てて謝る亮に、亜弓が首を左右に振る。

「あん。構わないわよ。非難している訳ではないの。仕事をしていても、男性の視線を感じることがよくあるし、もう慣れっこになっているから……。そもそも男って大きな胸の方が好きなのでしょう？」

「そりゃ小さいより大きい方が好きですけど、亜弓さんのおっぱいを見ていたいのは、ただ大きいからだけではありません。あまりにも綺麗だから、つい……」

その言葉には、お世辞やおべっかなど含まれていない。ストレートに本音を口にしただけだ。それほどまでに亜弓の胸元は魅力に溢れている。

「ああん。亮さんったら。その言葉、うれし過ぎるわ」

甘いしあわせをまぶした媚熟女の微笑《ほほえ》みが、亮にもしあわせを伝染させる。心と心が通うとは、こういうことなのだろう。

「お礼にたっぷりと、亜弓のおっぱいを味わわせてあげる」

しなやかに腕が背後に回されると、指先がブラジャーのホックを外した。女体にまとわりついていたブラのベルトが撓《たわ》んだことで、亮はそれを知る。

ブラのストラップを腕から滑らせ、二の腕に軽くかける。ふくらみを覆うブラカップがずれていく危うい眺め。乳肌の側面が少しだけ露出した。

（ああ。亜弓さんのおっぱいがあと少しで……）

亜弓の繊指がすっと乳房の上に載せられ、そのまま白い谷間に沿ってマニキュア煌めく爪先が滑っていく。

「あ……お……あ……」

扇情的でありながら、それでいて肉感的なバストが露わとなり、無意識のうちに亮の口から感嘆の声が漏れた。

（こ、これが亜弓さんの生のおっぱい……。凄く綺麗なのに、ヤバいくらいエロい！）

想像をはるかに超えた美しい双丘の全貌が披露されている。

艶光りした白い半球が、亜弓の呼吸にあわせて官能的に上下しているのだ。

大きな亮の掌でも、間違いなく覆いきれないほどのたわわさで、まるで重力に負けずに上反りさえしている。いわゆる鳩胸というのだろう。それが蠱惑と艶めかしさを生む所以《ゆえん》でもある。

先端で色づく乳暈は、乳膚からほんの数ミリ程度段を成し、さらに乳首が色っぽくもその存在を主張している。白皙《はくせき》の乳肉と桜色の乳頭との鮮やかなコントラストが、ひどく艶めかしい。

「こう見えて、社内の男性社員垂涎《すいぜん》のふくらみなのよ……」

告げられた赤裸々な言葉に、亜弓の誇りと自信が滲んでいる。

「あっ……ん」

蜜に誘われる蝶のように亮は手を伸ばし、その指を白い半球にそっと沈めた。

「とても三十歳になんて見えませんよ。この綺麗な肌とハリでは」

極上のシルクを連想させる滑らかな触り心地が、即座に亮の手指性感を刺激する。指紋から沁み込んでくるような凄まじい官能。それでいて、プリンほどもやわらかく繊細な弾力が亮の掌を心地よく溺れさせる。

「手触りも最高だけど、見た目にもこんなに形のいいおっぱいは初めてです」

滑らかでやわらかな手触りに興奮を隠せず、亮は声をあげた。

「あッ、あぁッ、いやらしい手つきぃ……」

亜弓は湿った感じの艶っぽい小声を漏らす。うやうやしい手つきでやさしく扱《あつか》う愛撫に、媚熟女は早くも反応している。速まる心臓の鼓動を意識しながら、亮は乳房の膨らみをなよやかに捏《こ》ねた。

ビジュアル以上に量感を誇る鳩胸を五本の指で交互に嬲るたび、亜弓がピクピクと女体を震わせた。

「あッ、ふッ、あぁッ」

甘えたような喘ぎ声が鼓膜に響くと、亮の背筋にも歓びと興奮が走る。

亜弓は悩ましげに首を反らし、表情を歪めている。艶っぽい官能の声は、牡獣の欲情を増長させた。

「あぁん。勘違いしないでね。普段は、こんな淫らなことしないのよ。結構真面目に仕事一筋できたのだから……」

言い訳のように言葉を紡《つむ》ぎながらも亜弓は、乳房を亮の好きに任せてくれる。

指先に感じる乳房のやわらかさや耳に届く艶っぽい喘ぎ声、鼻腔に忍びこんでくる甘い果実のような匂いを、亮は懸命に脳裏に刻みつけた。

（ああ、凄い！　菜々緒さんのおっぱいよりも気持ちいいかも……）

ふたりに対し失礼だと判っていても、つい比べてしまう。反発力で言えば菜々緒の乳房の方が強い気もするが、恐ろしいほどのやわらかさと手が痺れるほどの官能味は亜弓の乳房に分がある。

指先どころか掌全体が、乳房の中に埋まってしまいそうで、掌で乳房を包み込んでいるはずが、乳房に掌を包まれているようにさえ感じる。

（ああ、いつまでも揉んでいたい気にさせられる……）

人肌の温もりとこの世のものとは思えないやわらかさが掌に浸透《しんとう》してくる。双《ふた》つの心地よい物体がどこまでも亮を魅了し、二度とこの乳房から手を離したくない気にさせられるのだ。

7

「んふぅんっ。ああ、そんなに熱心に揉まれると、おかしくなっちゃうわ。その前に約束通り、おっぱいで擦ってあげるぅ」

亮の胸板を軽く押し、再びその場に寝そべるよう促す亜弓。

「ああ……すごいわ。反り返って……」

血管を浮かせた剛直を目の当たりにして、美熟女がこくんと喉を鳴らす。

「ふふ……エッチな眺め」

やさしい目が、今はひどく潤んでいる。煌めく黒目を拡大したら、勃起肉が映っているはずだ。唇を舐める舌が、唾液《だえき》で光っている。

意を決したように亜弓が前屈みになると、乳房が肉の円錐《えんすい》を象って揺れる。その極上の滑らかな乳膚が亮の塊茎に触れた。

すぐに白い半球がたぷんと、亮の股座に覆いかぶさった。

「おふっ！　亜弓さんの大きなおっぱいが、ボクのち×ぽを埋めてる！」

蠱惑を孕《はら》んだ深い谷間に、剛直が容易く包まれている。あれほど威容を誇っていた肉棒が、白と朱の柔肌に埋もれている。

蕩けるような乳膚が、欲情に昂る怒張にしっとりと吸い付いてくる。亜弓の体温よりも、そこだけが冷んやりしている。

媚熟女の鼓動まで伝わるのが、亮の興奮をさらに煽った。

「あぁっ。亜弓さん！」

切なく喘ぎを漏らしたのは、鼠径部《そけいぶ》を快感に嬲られたからだ。

亜弓が、女体を微かに身じろぎさせるだけでも、陶然《とうぜん》とさせるほどの心地よさが押し寄せる。

「ああん。亮さんのうっとりした貌。そんな表情をされると、もっと気持ちよくしてあげたくなっちゃう」

さらに亜弓が半身を沈めると、純白の媚巨乳が8の字を描いて蠕動《ぜんどう》をはじめる。漣のようなゆったりとした動きであるにもかかわらず、繊細な乳膚は牡茎にぴとっと吸い付き、堪らなく亮の分身をくすぐる。

手を使った愛撫に比べれば、その刺激は随分ソフトながら、ビジュアル的な刺激とも相まって亮の官能は大きくさんざめいた。

(亜弓さんって、恐らく課長とか部長とかの肩書を持っているのだよな……。そんな

人が、おっぱいでこんなにエロいことをしてくれているんだ）

道行く男たちがすれ違いざま振り向くほどの美しい女性が、Ｅカップほどもありそうな豊かな媚乳で亮の逸物《いちもつ》に奉仕している。自ら乳房をすくい上げ、純白の雪肌を醜悪な巨根に流し込むのだ。

「あぁん。やっぱり大きいのね。先っぽがはみ出してしまうわ……。仕方がないから先っぽには、お口を使わせてね……」

媚熟女が上目遣いで見上げてきた。そして白い歯を見せてコクッとうなずいた。

（ああ、亜弓さんの顔、物凄くエッチになっている！）

やさしい笑みを湛えていたその目元がトロンと下がり、黒い瞳が濃さを増し、怖いと感じさせるまでの妖艶さを醸《かも》し出している。

セクシーな唇が近づいて、竿先にチュッとキスされた。そしてピンク色の舌で鈴口をチロチロとくすぐるみたいに小突いてくる。

「むぅぅ、んふ、んふぅっ……。亮さんのおち×ちん、少し蒸れた感じはするけれど、それが男を感じさせて、かえって興奮しちゃう」

「うおっ！　亜弓さん、お口はまずいです。ボク、今日は結構、汗をかいたし……」

止める亮の声も聞かず、今度は大きく口を開け、谷間からはみ出す亀頭を躊躇なく頬張る。

まだ二十代前半の亮だけに新陳代謝は活発で、その下腹部ともなれば蒸れた汗混じりの牡臭がふんぷんと漂っているはず。にもかかわらず媚熟女は、嫌な顔一つ見せずに肉棒を咥えてくれた。

「ううっ……。す、すみません。こんなことまで亜弓さんにさせて……」

「んちゅ、ちゅぷん……。いいのよ。亜弓がしたいのだから……。亀頭部の汚れも亜弓が綺麗に……。んふぅ、レロ、ちゅるる。んぱぁぁぁ」

口腔内に満たされた豊潤な唾液が、灼熱の亀頭部を濡らしてくれる。

「うわっ。それ気持ちいい……！」

亮の呻きに、媚熟女は上目遣いに、「これくらいで満足なの？」とでも言いたげに見つめてくる。

続けて、亀頭全体へ丹念に舌を這わせてくる。それも男根をまわして、雁首《かりくび》を何周も舐めまわすのだ。

「くうぅぅぅっ……そんなの、たまりません……っ」

亀頭と幹を裏側で繋《つな》ぐ縫い目部分をレロンと舐められては、呻かずにいられない。

「おっ、おおっ……。気持ちいいっ。亜弓さんのフェラもパイ擦りも最高ですっ！」

亮に褒められうれしいとばかりに、媚熟女が妖しく蠢きたてる。自らの双乳を掌で両サイドから圧し、舌を盛大に伸ばして亀頭部を舐め上げてくるのだからたまらない。

押し寄せる凄まじい快楽を亮は唇を噛んで耐えた。僅《わず》かでも気を抜けば、たちまち追い込まれてしまいそうなのだ。

「んふぅ、れろろ、んちゅぅ……どうかしら……気持ちいい？」

「は、はい。凄く気持ちいいです。それに、夢みたいです。亜弓さんみたいな美人に……。それも多くの男性社員が憧れる女上司に、ボクのち×ぽをしゃぶらせるなんて、畏れ多いにもほどがあって……」

「そうよ。亮さんには、贅沢すぎるかも……。なぁんてね。キミくらいの若い男の子には、もう亜弓はおばさんでしょ？　悔しいから、もっともっと気持ちよくさせちゃうのだから……。あむん、んふぅ。ぶちゅちゅ、ずずずず……」

「亜弓さんが、おばさんだなんて、そんなこと絶対に思いません！　美しいし、可愛いし、綺麗だし……何よりも超エロくてやばいです！」

「もう！　エロいは、余計よ。でも、嬉しいから、もっと本気でご奉仕しちゃうわ」

照れ隠しにお道化ているのが愛らしい。心持ち男根を頰張る勢いにも、熱が増した気がする。

おんなは褒められてこそ美しさを増す。化粧品か何かのＣＭのコピーであったか。

それが事実であることを目の当たりにした。

「んふっ、むふぅ、亮さんのおち×ちん、とっても美味しい。先っぽなんてプリッとして、まるでライチみたい。ほら、果汁たっぷりで……」

窄《すぼ》めた唇が鈴口に吸い付き、ヂュルヂュチュッと吸われる。唾液に輝く勃起になおも乳肌がゆるゆると扱きを加えてくる。

「あう、そ、そんなに吸わないでください」

「ちゅぽん……。だって、おつゆが溢れてくるから。うふっ、甘じょっぱい。んちゅ、ちゅぷん……。いい？　亮さん。我慢なんて、しちゃ駄目よ」

「え？　そ、それって……」

恐らく亜弓の脳裏にも、亮と同じ想像が浮かんでいるのだろう。男根をビクンと跳ねさせ、鈴口から溢れさせた濃い先走りの蜜を朱舌で舐め取ってくれた。

それを契機に媚熟女は、猛然と頭を前後に振りはじめる。

「うあぁ、だ、駄目です。そ、そんなに激しくされたら……っ！」

「駄目じゃないわ。亮さんの精液を味わいたいの。だからお願い。亜弓の口の中に射《だ》して！」

亮を見上げる潤んだ瞳が、そう告げている。

ついこの前まで童貞だった亮には、非現実的とさえ思えるシチュエーションで途方もない快楽が押し寄せている。

今にして思えば、これまで女性に相手にされなかった理由が、単純に強面な顔の見た目だけではないことに気づいている。

むしろ亮自身が、怖がられることを懼《おそ》れるあまり、何事につけても自信が持てず、積極的になれなかったからだった。

菜々緒や亜弓がことさらに積極的なのは、亮がそういう女性を好むことをアプリに登録していたこともあるだろう。けれど、それ以上に彼女たちも亮同様、傷つきたくない思いやコンプレックスの裏返しに、奔放《ほんぽう》に振舞っているのではないかと思うのだ。

(それが当たっているのかどうかは判らないけど、少なくともそんなことが思い当たるようになっただけでも成長しているのかなあ……)

ならば、もっと亮も積極的になるべきと心に決めた。

「判りました。でも、ボクも亜弓さんのおま×こ舐めたいです。射精《だ》すのなら、亜弓さんのおま×こを舐めながら……」

切羽詰まりながらも亮が切なく求めると、亜弓は顔を上げ、少し考えてから頷いた。媚熟女は、ずっと亮の牡フェロモンを吸い込み続けているから、三十歳のおんなの芯が男を欲しくなっていて不思議はない。美貌は赤く上気して、目尻は恍惚《こうこつ》として下がっている。

先ほどから婀娜っぽい蜜腰をくねくねさせているのもそのせいだろう。

「え……ええ……。判ったわ……。亜弓のあそこを舐めたいのね……。いいわ。特別に舐めさせてあげる……」

呟きながら亜弓は、ゆっくりと女体を持ち上げると、その頭とお尻の位置を入れ替えていく。自らショーツも脱ぎ捨てて、亮の頭に跨った。そして四つん這いにした女体を亮の体に覆わせ、またも肉棒を咥えてくれるのだ。

「じゅるじゅるじゅるっ……！　あああ……美味しい……すごい……。もう射精《で》そうなのね……こんなに大きく……。れろれろおっ……」

亮は亜弓のスカートをペロンと捲《めく》り上げると、首を亀のように伸ばしてその股間へと口腔を運ぶ。

「あむむむっ……。亜弓さんのおま×こもすごいです……。濡れ濡れで……奥からどんどん溢れてきます……。ぢゅぢゅぢゅちゅっ……」

カーペットの床で、ふたりはシックスナインで互いの性器を舐め合う。

（これが亜弓さんのにおいと味……。やっぱり、すごくエロい……！）

亮が生で目にする二枚目の花弁。菜々緒の女陰よりも、どこか生々しく感じられ、亮は激しく欲情している。

とても熟女とは思えない新鮮な桜色は、どこまでも美しい。それでいて、ビラビラと敏感な突起は大きく卑猥な感じがする。滾々と滴《したた》る愛蜜の匂いと味に、猛り狂った肉茎がさらに膨張する。

「むふぅ。ほむぅっ……。じゅぽじゅぽじゅぽっ……！　あぁ……おち×ちん、すごく大きくて固い……。興奮しちゃうわ……ちゅっちゅっ……！」

下品に突き出した亜弓の薄い舌が淫らに這い回る。亀頭を、カリを、裏筋を、そして玉袋を、まるでアイスキャンディーでもしゃぶるように、うっとりと濃厚に舐め回してくる。

「うおっ。亜弓さん……おま×こがヒクヒクしていますよ……。ちゅぱちゅぱっ……いやらしいお汁、おいひい……ぢゅるるるるるっ……！」

負けじと亮も媚熟女の花弁を舌で愛撫する。

尖らせた舌先で花びらを上下になぞり、陰核を激しくバイブレーションする。そのたびに粘膜がヒクンと収縮するのは、感じているサインだ。

「うぉ、ぁ……あんまりされると……ぐうぅっ……射精《で》る……射精《で》ちゃいます……っ」

淫らな唇にチュポンチュポンと吸い付かれ、唇粘膜にカリ首を擦られる。

勃起を狂ったように跳ね上げながら、亮は表情を歪めた。

口が半開きになり、淫熱の籠った吐息を何度も吐き出す。もはや、女陰を舐め啜る余裕もない。

劣情の破裂は、秒読みに入っていた。亀頭部がこれ以上ないほどに膨れ、我慢汁《がまんじる》を零し続ける鈴口は早く吐き出したいと開閉する。睾丸が丸く固締まりして発射態勢を整えた。

(もっと、亜弓さんに気持ちいいことをしてもらいたい。もっとこのおま×こを舐めていたい。なのに、ああ、もう……)

全身の感覚が甘い悦楽に支配された。切羽詰まったやるせない衝動に、わずかでも快楽を上積みしようと腰が勝手に動く。

「も、もうダメです。射精《で》ますよ。ああ、射精《で》ちゃううぅっ!」

限界だった。輸精管を精子の濁流が移動し、尿道に入り込んでいる。弾込めの役割を終えた睾丸が、強力な肉ポンプとなって伸縮し、いつでもトリガーの引ける状態にあるのだ。

「いいわよ。射精《だ》して……。亜弓のお口にいっぱい注いで！」

「亜弓さん！　ぐおおぉ、亜弓さん！　射精《で》るっ。ぐおぉっ、イクぅっ！」

ぎゅっと拳を握り締め、腰をぐんと浮き上がらせる。

白濁汁が細い射精管を駆け上がる快感。男根に溜まった熱までが狂ったように出口を求め、ついに暴発した。

ビュビュッ、ビュビュビュビュッ――肉幹を震わせ、射精口から多量の胤汁《たねじる》を吐き出した。頭の中が真っ白になる激烈な快感。視界がぼやけ、鼓膜が自らの心臓音に支配される。呼吸が止まり、背筋が軽度の痙攣を起こした。

「んぐっ！　ぬふぅ、んんんんっ……ごほっ！」

快感で煮詰められた精液が、凄まじい勢いで媚熟女の喉奥を射《う》ったのだろう。濃厚な白濁液に気管を塞《ふさ》がれたのか、亜弓は噎《む》せるように切っ先を吐き出した。

ドプッ、ドピュッ――なおも射精痙攣を起こしている筒先は、彼女の胸元や白いデコルテに二弾、三弾をぶつけていく。

（こんな射精はじめてだ……。腰が蕩けてしまいそう……）

衝撃的なまでの喜悦に、陶然としたまま呆けている。

「ああ、素敵っ。亮さん、小説の主人公みたいに多量の精液……。しかも、一度射精したくらいでは、まだ収まらないところも……」

雄々しくそそり立ったままの肉棒をなおも手淫しながら、亜弓は亮を褒《ほ》めそやす。

「こんなに沢山、射精したのに、おち×ちん、こんなに硬い……。まだ射精《だ》し足りないのね？」

亜弓の言う通り、満ち足りた吐精をしたはずなのに、亮の性欲は全く衰えない。それどころか狂おしいまでの獣欲が全身に渦巻いている。

「足りません。一度射《だ》したくらいでは……。だって、こんなに魅力的な亜弓さんがいるのですから……。したいです。亜弓さんとセックスしたい！」

理性のタガが外れ淫欲に渇いた獣が、鼻先でヒクヒクと蠢く牝の肉を視姦しながら猛り狂う。

「ああ、亮さんの凄い目。欲望に血走ったいやらしい獣の目よ……。ああ、けれど、そんな目で亜弓を見てくれる亮さんだからお願いしたいの……。どうか、亜弓の膣中《なか》にこの逞しいおち×ちんをください！　久しぶりで疼いている亜弓のここに!!」

指先で自らの膣口をくつろげながらこちらに振り向いた亜弓の表情も、淫らに発情した牝のそれだった。

8

「本当に挿入《い》れちゃっていいのですね？　うれしいです。あぁ、亜弓さん……！」

媚熟女の薄い膚下から漂うエロフェロモンに、頭がくらくらしてくる。下腹部に血液が集まったまま怒張がギンギンにいきり勃ち、収まりがつかない。

「ああ、ください……。亮さんのおち×ちん、亜弓の膣内に……」

亜弓は、うっとりとした表情で亮を見つめている。聡明な頭で巨根の挿入を想像しているのか、女体が発情色に染まっている。

「ああ、恥ずかしいわ。いつになく亜弓、興奮している。挿入されたらすぐにイってしまうかも……。亮さんも射精《だ》したくなったら、すぐに射精《だ》して構わないわよ……。遠慮せずに亜弓の膣内に射精《だ》していいから」

亮を慮り、やさしくも慈愛を込めた媚熟女のうれしい言葉。その癖、淫らな期待に美麗な肉体を震わせ、凄まじい官能美を振りまいている。

美貌を羞恥に染めながら、事前に中出しまで許してくれるのだ。

（ああ、官能の女神さまが目の前にいる。やっぱり亜弓さんは、ボクの女神さまなのかも……)

「亜弓さん、やっぱエロい！　ねえ。もっといやらしく挑発してください。ソファの上でボクにお尻を突き出して……。官能小説には、そんなシーンもありますよね？」

蠱惑を放つ媚熟女にリクエストすると、さらに美貌を赤くして、素直にソファの上に上がっていく。

背もたれに両手をついてから、亜弓は自らの細腰に未だまとわりつくスカートに手を運んだ。

「あっ！　ストップ!!　そのままで。スカートを脱がずに……。ストッキングもそのままでいてください」

もちろん亜弓の全裸を目に焼き付けたい願望はある。けれど、いまはフェチっぽく着衣のままの媚熟女を抱きたい。M系を自認するキャリアウーマンを抱くには、それこそがふさわしいと思えた。

(獣のように亜弓さんを蹂躙《じゅうりん》したい……！)

そんな亮の想いをすぐに亜弓も察してくれる。やはり彼女は賢い。

「じゃあ、亜弓をバックから犯して！　獣のように烈しくしてもいいわよ」

亜弓は、頭がいい上に、いいおんななのだから最高だ。

「こ、こんな感じかしら？」

改めて媚熟女はソファの背もたれを両手で摑み、牝豹のポーズを取ると、お尻だけをこちらに突き出すようにして高く掲げ、左右に振るのだ。

その腰部でひらひらと揺れるスカートの裾をひょいと摘まむと、亮は躊躇なく捲り上げた。

既に亜弓の下腹部には、秘部を覆う下着はない。太ももの半ばほどから申し訳程度に覆う薄いベージュのストッキングが残されているだけだ。

「あぁん……」

いよいよそのM属性を露わにしたような甘い悲鳴を上げる亜弓。そんな媚熟女に亮は意地悪く尋ねる。

「ボクのち×ぽ、本当に欲しいのですよね？」

その問いに亜弓は、お尻を高く掲げたまま、またしても自らの女陰に片手を運び、くぱーっとその帳《とばり》を開かせた。

「こ、ここです……。亜弓のおま×こに亮さんのおち×ちんをください……」

言葉遣いさえ変えさせて上品な顔立ちを歪め、おねだりする媚熟女。亮は満足の雄叫びを上げ、背後から女体に取りついた。

「うおおおぉっ。やっぱ亜弓さん、超エロい！　恥ずかしいのが、そこまで亜弓さんを興奮させるのですね。素敵です！」

柔肌から極上の香水と清潔な体臭の溶け合った、甘美極まる匂いが立ちのぼっている。その匂いに、亮は夢のような気分を味わっていた。

「亜弓さん！」

甘くその名を呼びながら、亮は射精並みに濃い先走り汁を吹き上げる肉棹を握りしめ、亀頭部にそのヌルヌルをすり込むように馴染ませる。そして、ついに膣口に、ぴたりと先端を密着させた。

「ん、うんっ！　あ、熱いわっ！」

媚熟女が、びくりと女体を震わせた。その灼熱が、ボーッとさせるほどの強い性衝動を湧き起こさせる。

「ボクのち×ぽと亜弓さんのおま×こがキスをしていますよ」

「いやぁん。そんないやらしい言い方しないでください……あうんっ……くふぅっ、うっ、ううんっ……熱いわっ……亮さんのおち×ちん、熱いぃっ！」

肉幹の上ゾリを秘口に擦りつけるたび媚熟女が女体をブルッと震わせ、悩ましい声を上げる。

「おほおぉ……。ボクも気持ちいいっ！　当てているだけで花びらがヒクついてチ×ポをくすぐります……。亜弓さんは、キャリアウーマンのくせに、こんなにいやらしいおま×こを隠していたのですね」

亮はうっとりした表情で、愛液にぬめる肉花びらに当て擦りを繰り返す。

「あううっ……。キャリアウーマンだって、おんなですもの。ふしだらな素顔は隠し持っています……。でも、いまは亮さんが欲しくて……勝手に、はうううっ」

会話の途中にも、ずりずりと擦りつける亮にビクンと女体が痙攣する。

背もたれについた腕が、ぶるぶると辛そうに震えている。釣鐘状に変形した美巨乳も女体が震えるにつれ、ぷるんぷるんとマッシブに揺れている。

「すごいです。亜弓さん。挿《い》入れる前からこんなに気持ちいいなんて……。これで膣《な》中《か》に挿《い》入れてしまったらどうなるのでしょう」

亀頭のみを嵌《は》め入《い》れて浅い抜き挿しを繰り返し、膣口からクチュクチュと淫らな水音を起こさせる。

蜜花を裏筋で散々に踏みにじり、膣内に貯められていた牝液をたっぷりと汲み取った。

「ああ、この熱さ久しぶりです……。お願いですから早く、亮さんの堅くて太いおち

×ちんでふしだらな亜弓のおま×こを貫《つらぬ》いてください……」

久方ぶりの感触に牝をわななかせ、くびれ腰を甘く振り、亮を挑発する亜弓。ひどく濡れた女陰は、すっかり準備ができている。

その見事なおんな振りに、亮は居ても立ってもいられず、豊かに発達した尻たぶに片手を置き、ふーっと大きく息を吐いて心の準備を整えた。

「さぁ、挿《い》入れますよ！」

ついに送り出された腰突きに、亜弓が背もたれにすがりつき歯を食いしばった。

背後からぐりぐりと太い切っ先を押し付けると、小柄な女体がズリ上がる。

逃さぬとばかりに腰部を抑えつけ、亮は秘口をこじ開ける。ぬぷっと切っ先が帳をくぐると、生暖かく潤み切った肉襞が、即座に亀頭部を出迎えてくれる。

「あっ、あぁぁぁっ！」

甘く悩ましい声をあげながらグンと背筋を撓める媚熟女の女陰に、さらに腰をぐいっと押し出していく。

ズルン!!　淫靡な感触と共に肉棒が、やわらかくぬかるんだ畦道に包まれた。

「ああん、凄いっ！　まだ挿《は》入《い》ってくるのですか？　あぁ、ダメなのっ！　こんなに凄いおち×ちんを奥まで挿《い》入れられたら亜弓っ！」

切なげな声を漏らしながら、今さらに逃れようとでもするように、亜弓が腰をくねらせた。大きな質量に牝孔を埋め尽くされて、官能が飽和しつつあるのだろう。初期絶頂を迎えてしまいそうで慌てているのだ。

くねる蜂腰に、わずかに抜け落ちそうな気配はあったが、入り口の括約筋《かつやくきん》の縁《ふち》にカリ首が引っかかり、危うく抜け落ちない。

亮は蜂腰に添える手に力を込め、揺れる動きを封じる。同時に、力強く引き付けた。

「大人しく、ボクのち×ぽを全て受け入れてください……。ほら、おま×この力を抜いて！」

背もたれからずり落ちそうになるのを亜弓は懸命にすがりついて耐えている。

「ひうっ……！　んんんんんんっ！」

亀頭部を押し込められたおんなの肢体が艶やかに委縮した。それでも熱い吐息を漏らし、極太の充溢感を逃すあたり、やはり亜弓は大人のおんなだ。

かつては人妻でもあったキャリアウーマンは、この目も眩《くら》むほどに美麗な肉体を何人の男に捧げてきたのだろう。その割に、女陰には黒ずみや型崩れもなく、使い込まれた様子など微塵もない。

「おほぉっ、これで力を抜いているのですか？　物凄くキツキツなのですね。こんなにトロトロになっているくせに、ち×ぽが削られるようです！」

「はおおおっ……だって、こんなに大きいからっ……そ、それに長いのぉ……！」

挿入の衝撃に、ソファに爪を食い込ませている。

膣肉から響く甘美な恍惚に、女体がブルルッとわないた。

挿し入れる亮の方もぐっと奥歯を噛みしめ、意識を逸《そ》らそうと努めている。でないと、すぐに射精させられてしまいそうなほど甘美なのだ。

亮の質量に無理やり内側から押し広げられているというのに、牝孔は無上の悦びに酔い痴れるかのように、甘くはしたない卑蜜をしとどに溢れさせている。

「亜弓さん。その官能小説仕込みの表現力で、ボクにち×ぽを挿入《い》れられた感覚を教えてください」

「ううっ……。凄い異物感が……。内側から強引に拡げられる膨満感もあります。充《み》たされて溢れてしまいそうな危うさや、擦られて湧き上がる快美感に、腰が痺れてしまうの……。ああ、こんなのはじめてです」

切なげに訴えかけるその言葉は、男の亮では経験しえない感覚を如実に伝えてくれる。

「亜弓さん。ねえ、こっちを向いてください」

亮の求めに従順に振り向く亜弓の唇を、半ば強引に奪い取る。

ムムンっ！　と呻く朱唇をねっとりと堪能しながら、さらに亮は腰を突き挿入《い》れた。

「ああ、本当に狭いのですね……。締め付けも強いから余計に狭く感じます……。なのに、ああ、トロトロにやわらかいから不思議です」

今度は、亮がその具合のよさを言葉にしてみる。その言葉の通り媚熟女の肉鞘《にくざや》は、どこまでもやわらかい上に甘味を感じるほどぬるっと滑らかで、ねっとり媚肉が吸い付くようだ。

そんな狭隘な膣孔をほぐすため亮は、先端で孔揉みするように腰をグラインドさせた。

「あぁ、まだ挿入《はい》ってくるのですか？　あっ、ああ、ウソっ！　このままでは奥まで届いてしまいます……！」

膣奥までの挿入は、どうやら亜弓には、未知の体験であったらしく、幾分の恐怖感があるらしい。それでいて、剛直で牝を蕩かされていく感覚に、もはや、背もたれにすがりついているのさえ辛いようだ。

「その奥が、気持ちいいらしいですよ」

さらに亮が肉柱を膣奥へと進めるにつれ、ただでさえトロトロであったぬかるみが、さらにほぐれてグズグズになっていく。それでいて、時折、キュッと肉棒を締め付けてきては、亮の性感をたまらなく刺激してくれるのだ。

「あぁん、ダメですっ。ダメなのに、蕩けちゃいます……。腰が痺れて、お尻が震えちゃうのです……。あぁ、熔《と》けるわ……本当に熔《と》けちゃうっ！」

余程快美な電流が女体に押し寄せているのか、亜弓は眉間に深い皺を刻み、全身をわななかせている。さんざめく肉悦に涙すら浮かべ、媚熟女は呻くしかなす術がないらしい。

「あああああああぁぁ……。こんなに凄いなんてダメぇぇぇぇっ!!」

最奥にまで侵蝕《しんしょく》された媚熟女は、ぶるぶるっとわななないて仰《の》け反《ぞ》った。肩に美貌が載せられたのをいいことに、またしても亮はべっとりと朱唇を奪い取る。

「ムムムムーーっ！」

亮の口腔にくぐもった牝啼きがまき散らかされる。あまりの亜弓の艶っぽさに触発され、たまらずガツンと腰を打ち付けた。

「おおお……。あっあああああーーーーーっ！　だめ……ああ……いっ……イッちゃう……あぁ、イクっ……！」

亜弓の腰が波打ち、硬直する。媚肉が切なげに収縮して、勃起したものを締め付ける。媚熟女は挿入だけで達してしまったのだ。

尻たぶをぐしゃりと押しつぶされ、子宮口をズン！　と重々しく突き上げられ、目から火花が飛び散りそうなほどの衝撃を、女体の芯にくらったに違いない。

「挿入《い》れただけでイッちゃいました……？　ボクのち×ぽでイキましたよね！」

まだそこまで深イキしていないと判っていても、亮は嬉々として確かめた。

「あぁ、そんなハレンチなこと言わないでください。恥ずかしいわ……。やっぱり亜弓、イッてしまったのですね……。イキやすい体質だから、想像はしていたけれど、いきなり奥を突かれたから……。だからイッてしまったのです」

絶頂したことを否定する余裕もなく、亜弓は弱々しく頭を左右に振っている。

軽いとはいえアクメの波は新鮮であり、衝撃でもあったらしい。

全身を鴇《とき》色に染め、セパレートストッキングに飾られた艶太ももに鳥肌をたててブルブル震わせている。

年下の男に陥落《かんらく》させられた屈辱《くつじょく》さえ、いまや甘美な被虐《ひぎゃく》となって熟れた女体を責め苛《さいな》んでいるのだろう。

しかも、かつては人妻であっただけに媚熟女の肉体は、はじめこそ身持ちの堅さを表すようにきつく狭隘であったものが、いまやトロトロにほぐれきってしまい、もっちりとした本来の具合のよさで亮を歓迎してくれている。

無数に密集した触手の如き長い肉襞で、牡獣の逸物をやわらかく包み込んでいる。そればかりではない。時に、締め付けたりすがりついたり、くすぐったり舐め上げたりと、まるで亮の精液をねだるように収斂《しゅうれん》を繰り返すのだ。

「はぁぁ……とっても硬くて、強い。亮さんって、逞しいのですね」

白い喉をさらして、キャリアウーマンが仰け反った。おんなの汗ばむ両手が、亮のひざ上に触れる。指の温かさが、勃起をますます熱くさせた。

「んふぅ。亮さん、凄すぎます。こんなセックスが本当にあるなんて……。官能小説では描かれているけれど、実際に味わうのははじめてです」

甘い吐息交じりに独白する亜弓は、いよいよそのマゾっ気を全開にさせていく。

「亜弓さんのカラダだって凄いです！　見た目にいやらしいだけじゃなく、おま×この中まで……」

後背位でつながったまま、亮は亜弓の全身に淫らな触診を施していく。目だけではなく掌にも、そのゴージャス極まりない肉体を焼き付けていくのだ。

うなじ、肩甲骨、腋窩《えきか》、そして脇腹へと——腰は微動だにせず、掌と指先だけを使ってじっくりと媚熟女の官能を揉みほぐすのだ。

非の打ちどころのない見事な女体だった。均整のとれた美しい骨格。しなやかで弾力に満ちた筋肉をやわらかい脂肪がほどよく包んでいる。肌理《きめ》細かい肌は汗にぬめり、ねっとりと亮の掌にまとわりついてきた。この成熟したトランジスタグラマーが、長らく仕事一筋で男っ気なしによく耐えられたものだと感心する。

「ああ、亮さんのおち×ちんを亜弓のおま×こはこんなに悦んでいます。恥ずかしいのに……。ダメなのに、勝手に蠢いてしまうのですっ！　ああ、なんてはしたないのかしら」

その独白の通り、媚熟女の女陰は亮の肉棒を咥え込んだまま、うねうねと蠢動《しゅんどう》をはじめている。それも、どうやら亜弓が恥じらいを感じれば感じるほど、そのうねりが強くなるらしい。

「いいっ！　亜弓さんのおま×こ、締りがよくて、肉厚で、超気持ちいいっ！　ち×ぽが蕩け落ちそうです！」

蕩けるような表情で亮が実況すると、たっぷりと羞恥心を煽《あお》られた亜弓の膣肉が淫らな蠕動を強くする。

「亮さんのおち×ちん、熱すぎて、全身が熱く火照って、疼いてしまうの……」

言いながらも亜弓は、律動がはじまる瞬間を待ちわびている。

なのに亮は、亜弓の膣奥底にとどまったまま、退《ひ》こうとしない。

微動だにできないほど追い詰められているのも事実ながら、それればかりではない。

「ああ、亮さん、どうして動かさないのですか？」

ついに焦《じ》れはじめた亜弓が、律動を口にした。

それればかりではない。媚熟女のヒップが妖しく蠢きだしている。硬さ極まる陰茎が根元から締められ、亮の意志とは無関係に道連れの円を描く。

「まだです。まだだめです。ボクはもっと亜弓さんのおま×こを味わっていたい！」

あっという間に削られそうになる理性を懸命に灯《とも》し、亮は悩ましく揺れる蜂腰を両手で制した。

むろん、亮も動かしたくて仕方がないところを無理やりに自制している。幸いなことに、やはり絶世の美女である菜々緒を相手にしてきた経験が、辛うじて亮がやせ我慢できた一因かもしれない。

けれど、そんな亮の自制が、亜弓のおんなの矜持《きょうじ》をくすぐったようだ。

「ああん、どうして？　亜弓の膣中《なか》を最高だと言ってくれたけど、もしかして本当は気持ちよくないのですか？」

三十路に入り、心のどこかで娘の頃のような、肌の瑞々《みずみず》しさやハリが失われつつあることを意識しているのかも知れない。その一方で、成熟した魅力やセクシーさには、自負があるのだろう。

「そんなことありません！　もちろん、挿入《い》れているだけで、漏らしてしまいそうなほどです……。でも、もう少しこうしていましょうね……。じっくり亜弓さんのおま×こにボクのち×ぽを覚え込ませなくちゃ……。それに、こうして焦らされる分だけ、亜弓さんも堪らなくなるでしょう？」

うっとりと囁くように真意を明かすと、亜弓がハッと振り返った。同時に、ブルブルブルッと、またも女体に淫らな震えが起きた。

「ああん、ダメですっ！　亜弓のおま×こに覚え込ませるだなんて……！」

その意味が脳髄にまで沁み込んだのだろう。だからこそ、女体が慄《わなな》いているのだ。

「おま×こって、快楽を与えてくれる男の容《かたち》を覚えるそうですよ。上書きされるって、亜弓さん、知っていましたか？」

まるで暗示をかけるように亮が囁くと、亜弓はいやいやと首を振った。

実際、律動を行わずとも、媚熟女の体内を横溢する歓びは、これまでに味わった快楽よりはるかに深く、豊潤であるはずなのだ。

「そ、それは亜弓も読んだことが……。でも、そんなこと事実だなんて……。あん、ダメですっ、覚えさせちゃダメっ……。亜弓、亮さんと離れられなくなっちゃう……。あはぁっ、あ、亮さん、後生ですから、作り変えたりしないでください」

狼狽《ろうばい》の色が媚熟女の全身から兆している。いつの間にかカラダが、ほとんど官能の飽和状態に追い込まれているからだろう。意図的に亜弓の脳にすり込んだ言葉が、媚薬のように効いてきたのかもしれない。

現実に、焼き鏝《ごて》のような肉棒で蕩かされた媚肉が、妖しく蠢きながらも肉棹にすがりつくようにしてその容《かたち》を覚え込んでいくのだ。

金型を嵌め込み、灼熱で女陰を作り変えていると形容してもいい。

「あああっ、イヤッ、ダメなの……。本当にダメぇっ！」

亮は菜々緒と関係を持って以来、性の手管《てくだ》を様々に学んできた。

人一倍おんな好きである上に、頭はいい方だと自負している。その明晰な頭脳を駆使して、どうすればおんなが堕《お》ちるのかをしっかりと研究していたのだ。

献身的なまでに相手に悦楽を与えることで、強面を克服したい半ば強迫観念のような思いが亮の原動力だ。

「ほら、おま×こが断末魔に蠢くみたいです。覚えちゃってください。ボクのち×ぽ、中毒になりますよ。毎日、おま×こでしゃぶりたくなるそうです」

せっかく結ばれた亜弓との関係なのだ。それをより強固なものとするために、どれほど狂おしい思いも耐えるつもりだった。

「ああッ……はあッ……はううッ」

形のいい頤《おとがい》を上に向け、亜弓はハアハアと切なげに喘いでいる。

「ああ、おま×こが吸いついてきます。いよいよボクの容《かたち》を覚えているのですね。すごすぎです！」

「いやあッ」

生々しい反応ぶりを指摘され、亜弓は一瞬我に返るものの、すぐにまた情感の泥沼に引きずり込まれている。淫らな官能の業火に焙《あぶ》られ、全身の肉がドロドロに溶け崩れていくのだ。

9

「ああ、ゾクゾクする。亜弓さんのおま×こ気持ちよすぎます。体質的にスケベなお汁が多い方なのですね。ほら、ポタポタ零れてシミができていますよ！」

亮の言葉に促され、亜弓も恐る恐る下に眼を向ける。

ソファの座面に、黒い濡れシミが出来上がっている。むろん、その源泉は媚熟女の股間であり膣奥なのだ。

「あん。いやぁ……。淫らな亜弓が汚してしまったのですね。恥ずかしい」

視線を戦《そよ》がせた亜弓は、さらにハッと息を呑んだ。どうやら、さらに卑猥な光景を目にしたらしい。

「ああ、ダメぇっ。本当に全部咥え込んでいるのですね。あんなに大きな亮さんのおち×ちんを全て……！」

亮の剛直にパツパツに拡げられながらも、根元までぱっくりと咥え込んでいる自らの女陰。その生々しい光景こそ、まさしく自分がしっかりと亮の容《かたち》を覚え込まされている場面なのだ。

「どうですか、亜弓さん。おま×こが疼いてきたのではありませんか？　そろそろ頃合いですよね」

囁くように蠱毒《こどく》を吹き込んでから、乱れた髪から覗く白い輝石に飾られた耳に舌を伸ばした。

「ううつ、っく、あはぁ……」

途端に媚熟女が、ぶるぶると女体を慄かせた。耳に弱点を持つ女性は少なくない。

たとえ、そうではないにしても、亜弓のように熟れた肉体の持ち主であれば、たっぷりと焦らされている分、異様な昂ぶりに未知の性感を目覚めさせるはずだ。

さらに亮は、その手指を美しい隆起を見せる乳房へと運び、その外側をやさしい手つきで捏《こ》ね上げた。

「ああっ、はあぁっ！」

乳肌にねっとりと掌を這い回らせては、丁重に擦る。手に余るほどの乳房が、ふるるんと揺れては、甘美な愉悦を謳い上げる。

「あっ、あぁぁ……っ！」

漏れ出す牝声を堪えることもせずに、亜弓は全身を燃え上がらせ、ドクッと熱い滴をさらに溢れさせていく。

「んぐぅぅ……。こ、こんなの……んんんっ……あはぁ、切ないぃぃ……っ」

嵌入されているだけで啜り泣きさえはじめた亜弓。亮は、なおもそのEカップの美巨乳を弄んでいく。

今度は背後から容赦なく鷲掴み、ツンと充血している乳萌ごと、力強く揉みしだくのだ。

膝立ちした華奢《きやしや》な足指が、甘い心地よさに小さく丸められている。

「あんっ。おっぱいぃっ……ああ、そんな強く……くぅ、んんっ」

亮の上半身にべったりと背筋の肌を擦りつけてくる媚熟女。その滑らかさに、くっついているだけで桃源郷へと導かれる。

蠱惑を含有した甘い香りは、ねっとりとおんな盛りに熟れたおんなならではのもの。柔肌から発露する蠱惑の香りは、若牡獣に愛戯を促すためのものに他ならない。

「頭の芯が痺れてきます……。亜弓さんの匂い、なんて甘いんだ！」

込み上げる激情に、つい乳房を鷲掴む手に力が入り過ぎた。

「んっ、あぁっ。乳首が潰れちゃう……あぁんっ」

愛熱に温められた膨らみが、柔軟に容《かたち》を変えながら手指にまとわりつくのを愉しんだ後、蕩け落ちそうなまでに熟している乳首を指の先端でキュッと躙《にじ》り潰す。

特に、その乳頭は驚くほどに敏感になっていて、クリトリスさながらだ。

「んんんっ、乳首切ないっ……あっ、あんっ、あぁ……っ！」

いじらしいまでに儚《はかな》げに、それでいて牡の情欲をかきたてるような嬌声を朱唇が奏《かな》でる。思わず亮の股間がぶるりと戦《おのの》き、括約筋《かつやくきん》に押し上げられた我慢汁が圧迫された尿道の中で玉となって噴き出した。

「お願いです。もう焦らさないでください。亮さん、亜弓をどうにかしてください」

いつまでも焦らし続ける亮に、媚熟女の凄まじいまでに膨れ上がった欲情が堰を切り、自らクネクネと蜂腰を揺すらせている。

「どうにかって亜弓さん。自分からもう動かしているじゃないですか……。しょうがないなあ。じゃあ、少しだけですよ」

実は、既に亮自身が限界にきてしまい、やるせないほど律動させたくなっている。けれど、そんな素振りはおくびにも出さない。渋々といった態《てい》で、ゆっくりと肉棒の引き抜きを開始した。

「ああ、そうそう。亜弓さんの官能小説フェチも満たさなくちゃ。バックから責められるシーンを朗読してくださいよ」

あえて惚けて引き抜きを中断し、そんな注文を媚熟女に出す。

「ああん。亮さんの意地悪ぅ。途中で、やめたりしないでください……。亜弓、狂っちゃうぅ……。第一、本がありませんっ……」

なるほど亜弓の言う通り、先ほどの小説も亜弓の手元からなくなっている。いつの間にか、ソファの向こう側に落ちていた。

「うーん。本を拾いに行くのも興ざめですね……。じゃあ、亜弓さんが興奮した官能小説のシーンを話してください。もちろん、バックからしているシーンで……。細かい描写とかセリフとかは、なくても構いませんから……」

「官能小説のシーンって……。た、例えば、背後から交わりながら、おんなのお尻を叩くとか……」

まさかいきなり亜弓が、そんなシーンを口にするとは思いもしなかった。

「た、叩くって、お尻をですか？　挿入《い》れたまま？」

いくら亜弓にそんなフェチがあろうとも、さすがに亮は躊躇《ためら》う。どうしていいか判らずにいる亮に、亜弓がそっと振り返った。

無言のまま濡れた瞳が、じっとこちらを見つめている。

「叩いて……！」と訴えるようなその瞳に、亮は意を決した。

右手を振り上げ、肉付きのいい尻たぶをパアンと叩いた。

「はううっ！」

途端に媚熟女が背筋をぎゅんと反らせた。セミロングの髪が、亮の鼻先をふわりとくすぐる。

「も、もっと。してください……。罵《ののし》るような言葉を浴びせかけながら……」

亮の肩に媚熟女は小顔をもたせかけ、赤く紅潮した唇でそう言った。妖しく光り輝く瞳に、吸い込まれそうになりながら、再び亮は手を上げる。

「こんなに綺麗な貌をしているのに、亜弓さんは淫らなのですね。お尻を叩かれて悦ぶなんて……。お望み通り、もっともっと叩いてあげます」

パアンと派手な音を立てると、媚肉がさらにキュッと締まり肉茎を喰い締める。

「うおっ。締まる！　こんなにキツイおま×こ、ヤバすぎです……」

冷たい言葉を浴びた肉体が、恥ずかしいとばかりに喰い締めを緩める。

「亜弓さんって、本当にマゾ気質なのですね。こういうのがいいんだ……」

感心しながらも、調子に乗って亮は、尻たぶを二度三度と打擲《ちょうちゃく》した。

知性美の輝くおんなに、こういう仕打ちを加える悦びが亮の中で弾ける。

以前目にした何かの中に、どんなに澄まして見せていても、おんなの本性は例外なくマゾで、苛められて悦ぶ生き物だと記されていた。亮は、その記述を眉唾と思っていたが、この亜弓の嬌態を目の当たりにして、あながちそれも否定できないと思い知らされた。

「そんなにいいのなら、もっと叩いてあげましょう。ほら、狂ってください。尻を振ってヨガり狂って！」

ピシリ、ピシャリと、豊満なヒップの丸みに打擲を加える。

ムチッと張りつめたヒップは、小気味よい音を立てて亮を喜ばせた。

「あううっ！　あっ、ああっ。いいです……。きゃうっ！　あぁ、淫らな亜弓を許してください」

痛みを味わわせることが目的ではなく、亜弓の妄想を掻き立てることが目的なのだから、派手な音が鳴り響くようにすればいい。思い切り掌を広げ、力を加減して尻たぶを打つたび、媚熟女は興奮を露わにその被虐美を見せつけてくれるのだ。

「お尻を叩かれてヨガりまくる亜弓さん、最高にエロいです……。こんな性癖まで曝《さら》け出してくれるのですから最高です！」

菜々緒と知り合ってから亮は、虚飾を剝ぎとり、淫らな本性を曝《さら》けださせてやるのが、おんなにとっても幸せなことだと思いはじめている。亜弓は、さらにその亮の想いを強くさせてくれるのだ。

「こんなに恥ずかしい姿を曝け出してしまった亜弓さんは、ボクの淫らな性奴隷《せいどれい》になるしかありませんね。さあ、それを認めてください」

思いつきに媚熟女を性奴隷と指摘すると、亜弓の女体がビクビクンと反応した。またしても軽い絶頂を味わっているらしい。

「あ、亜弓は、もう亮さんの性奴隷です。好きに亜弓を犯してください……」

仰け反った美貌が再び亮の前に晒され、その蕩けたような淫らな表情を見せつける。

柳眉を艶美に歪め、潜めた瞳を妖しく濡らし、朱唇をわななかせている。

その凄まじい官能美に、焦らしているはずの亮の方がたまらなくなり、律動を開始させた。

「亜弓さん……っ！」

懸命に保っていた冷静さが、脆《もろ》くも亮の両手から溶け崩れていくようだ。媚熟女のねっとりとした締めつけと被虐の言葉に他愛もなく息を荒げた。

深く、浅く、繰りだされるストロークは、生まれたばかりの奴隷の官能を翻弄していく。

「あんっ……はああんっ……いいっ……亜弓のことを、いっぱい虐《いじ》めてください」

三十歳のキャリアウーマンは、官能の束となって宙に浮いていく。

「亜弓さんの襞々《ひだひだ》が、動かすち×ぽに、びらびらと喰いついてきますよ」

媚肉までもが完全服従を誓うように、剛直全体を包みこんで奉仕した。

蜜洞の天井は責め立てる肉エラに呼応するように蠕動し、幹の根元を、血管が走る中ほどを、そしてカリの裏までを波打ってキュンキュンと締め上げる。

「ああんっ……亜弓の……すけべおま×こが……ご主人様のおち×ちんに突かれていきます……」

喜悦の喘ぎさえもが服従の言葉になり果てている。

こういうセリフも官能小説仕込みなのだろうかと思いながらも、亮は興奮を煽られずにいられない。

「ほら、こうするともっと奥まで」

亮は、亜弓の腰に両手をかけ、ぐっと引き付ける。否、持ち上げるという方が正しいかもしれない。ぐっと美尻が持ち上がり、亮の腰にのしかかるような勢いで、やや下付きの秘園が、より深く灼熱を受け入れた。

「ダメですっ……あひいっ……そんな……これ以上感じたら……狂っちゃいます」

ストロークの角度が変わることで、先端はさらに奥深くへと到達する。

「狂っても構いませんよ。亜弓さん」

「ああんっ……亜弓って……呼び捨てにしてください」

「亜弓、この淫乱奴隷が！」

亮の罵倒は耳から微細な喜悦の泡となって流れこみ、亜弓の脳に到達すると炭酸水のように弾けるのだ。

加虐の喜びに目覚めた若き支配者は、さらに腰を捏ねたり、左右にも角度を変えたりするばかりか、リズムにもバリエーションをつけて媚熟女奴隷を玩弄する。

「はううんっ……亜弓、溶けてしまいます……」

再奥部まで貫いた状態で、数秒間の停止。途端に亜弓がむずかる。官能に苛まれる媚熟女にとって、永遠にも思える不安なクリンチであるはず。

亜弓が「ううっ」と呻くのを合図に、繰りだした怒濤のラッシュ。

巨大な肉棒を大きく前後させては、張り出したエラ部で濡れた媚肉に擦り付ける。

「あっ、あああ、そんな、あぁん、ああ、奥は、あぁぁん、だめ、あっ、あああ」

肉棒を打ち付けるたび亜弓のよがり声は、甘く切なく蕩けていく。

さぞかしその美貌もよがり崩れているはずと想像すると、しっかりとその貌を目に焼き付けたい欲求に駆られていった。

10

「亜弓っ！」

肉棒を引き抜くと小柄なトランジスタグラマーを力任せにソファに仰向けにして、その分身を再び黒い陰りの狭間に押し当てた。

「あはぁぁぁ〜っ！」

安堵したような亜弓の喘ぎ。怒張は、瞬時にして媚熟女のカラダを貫いた。

先ほどまでとは違う体位で押し入ると、肥大したカリ首や肉幹で、媚肉のあちこちを擦っていく。

今度の突き入れは、容赦なく一気に女陰に埋めた。

すでにしっかりと馴染んでいる上に、勃起の容《かたち》を覚え込ませた媚肉だから無慈悲な挿入にも熟女らしく苦もなく奥深くまで受け入れてくれる。

「あっ、ひっ……んんっ！」

膣の最奥にまで亀頭をめり込ませ、子宮口にこつんとぶつける。

「きゃううぅっ！」

ひどくふしだらなよがり声が、亜弓の喉元を震わせる。よほど、凄まじい悦楽が込み上げたのだろう。またしても軽い絶頂に見舞われたのかもしれない。二波、三波が押し寄せては、亜弓を翻弄しているようだ。

「ううっ、はぁ……っ」

ぶるぶると慄く四肢を止められずにいる媚熟女。その張り詰めた豊かなふくらみを亮は捏ね上げるように揉み解《ほぐ》す。

「あぁん、あっ、あぁ……っ」

朱唇から零れ落ちる喘ぎが、鼻にかかった甘い響きとなる。

「さあ亜弓には、もっと恥ずかしい恰好でイキ悶えてもらうね！」

「お願いです……。ご主人様。亜弓をイキ狂わせてください……！」

従順なおねだりに満足した亮は、浅瀬での腰突きをはじめた。

「亜弓の心もカラダもすっかりボクに順応したみたいだね。お望み通り、ボクのち×ぽでたっぷりと可愛がってあげるよ」

囁きながら媚熟女のGスポットを亀頭部でやさしく擦り、自身は乳房の深い谷間に顔を埋める。

窄《すぼ》めた唇で乳首を捉え、幼子の吸啜反射の如く、膨れあがった先端を吸い付けた。

「あんっ！」

途端に、乳首はきゅんとしこりを強め、性器としての感受性を高める。

亮は、そのそそり立つ乳首ごと乳房の三分の一ほども口腔に含んだ。

尖らせた唇でべろべろと乳頭をしゃぶりつけ、唾をすりこんでは官能を蕩かしにかかる。

「ふうンッ！」

しゃくりあげるような喘ぎと共に、亜弓は激しく頭を打ち振った。

恐ろしいまでに熱く、乳房と子宮が溶け出してしまいそうな歓びが全身に拡がっているに違いない。

「あぁぁぁぁ〜〜っ！」

甲高《かんだか》い獣じみた声を放つ亜弓に、亮は本気のストロークを開始した。

子宮を小突き回していた微動から、スローピッチではありながらも大きなピストンへと変化させた。

カリ首の露出するギリギリまで腰を引いては、子宮口にまで深くめり込ませる。

膣奥に潜む悦楽のポイントに的確に擦りつけようと、蜜路を大きく掻きまわすように抽送《ちゅうそう》する。

「あぁ、こんなに甘くカラダを揺さぶるのですね。亮さん、素敵です」

雄々しくも逞しく亮は、キャリアウーマンの肉体を翻弄していく。

情欲の充ち溢れる獣の如き腰遣いで、亜弓を絶頂へと導くのだ。

「イクっ……ああ、イクぅ〜〜っ！」

凶暴で鮮烈な喜悦が、四肢を砕かんばかりに駆け抜けたのだろう。けれど、亜弓の本気の絶頂が、この性交の終わりではない。

頂点を極めた女体になおも亮は、二度三度と抜き挿しを繰り返す。

たちまち二度目の絶頂に追い詰めた。

「あんっ。ま、待ってください……。あぁ、ダメですっ……亜弓、イッているのに……あん、あっ、あぁっ……切ない……イッてるおま×こ、突いちゃいやです〜〜っ！」

実際に、それを体験しながらも亜弓は、こんなことがあるのだろうかと、淫らな夢を見ているような顔をしている。

明らかに激しく深い絶頂に見舞われている肉体に、亮は容赦なく三回、四回と大きくストロークを打ち込んでいく。そのたびに媚熟女は、ドクンッ、ドクンッと愛液を迸《ほとばし》らせ、さらなる絶頂へと押し上げられていくのだ。

亮の目の前で、一度目よりも二度目、二度目よりも三度目と、アクメの高さと深さが次々と上回っていくのが判る。苦しいまでの悦楽が二倍、四倍、十六倍と二乗三乗に大きく膨らみ、ついにはキャリアウーマンが泣きじゃくっている。

それでも未《いま》だ亮は放出せずに、敢然とその兇器で亜弓を貫いたままでいる。

「まだイケるでしょう？　こんな凄いカラダをしているのだもの。物凄く牝が熟れているから、もっと深い悦びを味わえるでしょう。ほら、まだイキ足りないって、痛いほどボクのち×ぽを締め付けている！」

べろべろと乳房をしゃぶりながら亮は、腰だけをゆっくりと引いていく。

白く熟した豊満なふくらみが、張りのある若々しい双臀が、なんとも卑猥に揉みほぐされていき、亜弓は眉毛を切なげにたわめた。

「あううっ、はううっ」

高熱に浮かされたように、苦し気に呼吸を繰り返し亜弓が、亮を潤んだ瞳で見つめている。

間近にある牡獣の貌。唇と唇の間は五センチもない。そのわずかな距離を亜弓が頭を浮き上がらせ縮めてくれた。それを待っていたように亮は唇を、媚熟女の朱唇に押し付ける。

そのまま舌を繰りだし、ツンツンと何度かノックすると、亜弓の閉じていた唇がゆっくりと開いた。

亮の劣情に応えるように、亜弓も舌を差しだしてくる。舌同士が触れ合う。やわらかで蕩けてしまいそうな感触に、亮の後頭部が燃えあがったように熱くなる。

「……むふううっ……」

自ら差しだした舌をざらついた舌で吸いあげられる恥辱に、媚熟女が鼻腔を洟らし、亮の体に押しひしがれた裸身をせつなく慄《ふる》わせる。

（ああ、凄いっ！　こんなに色っぽい人を抱いているボクはなんてしあわせなんだ）

被虐の本性さえ曝け出して憚《はばか》らない亜弓。舌を吸いあげた途端に、グジュウッと怒張を食い締める柔肉の蠢きは、亮の多幸感を呼び起こしてくれる。

口腔で二人の舌が唾液とまみえ、淫靡に絡み合う。亜弓の口腔の温もりと柔らかな舌の感触に酔いしれながら、亮は人差し指と中指の間に乳首を挟んだ。

「あぁッ！　うッ、うぅッ……」

媚熟女の鼻から熱い吐息と喘ぎ声が抜けた。たまらずといった感じで、汗に濡れた首を仰け反らせる。指先には硬く尖った乳首の感触が伝わってくる。

亮は亜弓の首筋に唇を押しつけた。

「はッ、はッ、はぁッ、もッ、もう来てください。お願いですから……」

首筋は性感帯なのか、亜弓の声はさらに色っぽさを帯びていた。

「じゃあ、お望み通り再開するね。そらっ！」

亮は、キャリアウーマンの美脚を両脇に抱えると、掛け声とともに素早く肉棒を引き抜いた。肉エラまでが外気に触れる寸前、勢いをつけて腰を押し戻す。

「あっ、あああっ、いいっ！　あああん、はあああん」

しとどなまでに充分な愛液のお陰で、自他ともに認める巨大な肉棒も、滑らかに膣奥に食い込ませることができる。

途端に、亜弓は背中を大きく仰け反らせ、媚巨乳を弾ませた。

「あはぁ！　こ、こんなに深くまで……ああん……」

長大な怒張の先端は当たり前のように最奥まで侵入し、鉄のように硬い先端で子宮口を鋭く小突く。

当然ながら亜弓を襲う快感は凄まじいらしく、淫らな嬌声をあげるのを堪えきれずにいる。

「ひうぅん……。ゆ、指の先まで痺れちゃうぅっ！」

すぐにまた引き抜きを開始させると、脇に抱えた白い脚が小刻みに震える。まるで女体に力が入らない様子の媚熟女は、ただひたすら全身を駆け抜ける快感を味わうばかり。

「あううっ。凄い……。こんなに凄いのはじめてです」

「亜弓も凄いよ。こんなにエロい亜弓が相手なら一晩で五回はいけるかも！」

楽しげに言いながら、亮はリズムよく腰を使いだす。

「あっ、ああぁっ、一晩に五回もなんてダメぇ。亜弓、狂ってしまいます……。ああっ、はあああぁん」

絶倫を誇る亮であれば、あながちはったりでもない。けれど、常識的に一度射精したらぐったりとするのが普通だと思っているであろう亜弓には、五回とは脅威なはずだ。

「おっぱい大きくて綺麗だし。なのにウエストはくびれてるし、亜弓って男を喜ばせるために生まれてきたようなおんなだよね」

抜き挿しするたび、大きく波を打って揺れる白い乳房を、亮は舌なめずりしながら見つめている。

巨大と言っていいサイズなのに、年齢とは不釣り合いなハリを持つ亜弓の乳房は、肌もしっとりとしていて美術品のように美しい。

乳首も色がピンクで小粒なのだが、乳輪は乳房なりに大きめでぷっくりと盛り上がりひどく艶めかしいのだ。

「いやぁっ、馬鹿にしないで。そんな言い方、絶対に許さないから、ああっ、あああっ、くう、ああっ」

亮の品評が亜弓の矜持《きょうじ》に火をつけたのか、急にキャリアウーマンの貌に戻った。年下の亮に淫婦のように言われて歯がみしたのだろうか。否。別の小説に読みかえるように、亜弓がキャラを変えたのかもしれない。

犯されて堕《お》ちていくおんなが、亜弓の頭の中に浮かんでいるのだろう。亮の方も、まるで多重人格のような媚熟女の魔性に刺激され、Sの気質を目覚めさせ暴走していく。

「あひっ、いやっ……ひっ、あああっ……あっ、あっ、あああっ……」

再びズンと肉棒を抉り込ませた亮に、亜弓は高く澄んだ声を震わせて、若牡の腰の動きに合わせて間欠的に短い啼き声を噴きこぼした。

「ああん、く、悔しい……。なのに、いいっ！ 犯されているみたいなのに、凄くいいのぉ！」

またしても亜弓の表情が牝の貌に戻っていく。すかさず亮は、ズンッと大きく腰を突き降ろす。その艶貌を見おろしながら、今度はゆったりとしたペースで、ジュブッ、ジュブウッと野太い怒張で花芯を深々と抉り続ける。

「……あひいいっ……あああっ……」

抜き挿しのたびにキャリアウーマンは、総身を揺すりたて、ふしだらな啼き声を噴きこぼした。子宮口を抉りぬかれるたびに腰骨が快美に灼け痺れ、脳髄を蕩かしているのだろう。次第に媚熟女の啼き声は、長くわななくような慄えを帯び、より深い官能の色に染まっていった。

「……ああ……一晩に五回もなんて……。きっと亜弓、堕ちてしまう。こんなの……こんなことって……」

肉の愉悦に混濁する亜弓の意識の中で、この底なしの官能がいつまで続くのかと思っているに違いない。先ほど吹き込まれた「一晩に五回は……」との言葉が、亮への畏怖へと変換されていくのだ。

薄皮を一枚一枚剝ぎとるようにおんなの本性を暴き、堅固な防壁を崩しては、ジワジワと肉の愉悦へと誘い込む。

亮は、おんなを嬲《なぶ》るような愉《たの》しみを亜弓によって味わった。否、もしかすると味わされているのかもしれない。そう想わざるを得ない奥深さが亜弓というおんなには確かにあった。

年上のおんなの掌に泳がされているような感覚に、それでも亮の中に芽生えた加虐心の訴えるまま亜弓を責め抜く。

媚熟女の吸いつくような柔肉の感触を確かめながら、なおも亮はゆったりと腰を使った。トロトロに蕩け、吸着力を増した女肉が怒張を最奥へと導くように蠢く――その味わいがたまらない。

どうだこれでもかと言わんばかりに腰を叩きつけ、熱い樹液のしたたる花芯をジュバッ、ジュブウッ、ズンッと異形《いぎょう》の男根で抉りぬく。

脳髄までもが灼ける快美な刺激を、すでに官能の臨界点に達している女体は耐えきることができなかった。

「ひいいいっ、だめっ、だめっ、だめえっ……」

汗みずくの総身を揺すりたてられると、狂わんばかりに美貌を左右に振りながら亜弓はそのまま一気に官能の頂点へと昇りつめた。

「あひいいいいっ、あああああっ……」

喉から絞りだすように悲鳴を迸らせた媚熟女の朱唇がワナワナと慄えている。生汗に濡れた裸身がビクッビクンッと痙攣し、男根を根元まで咥え込まされた花芯が熱い樹液を絞りだしながら収縮を繰り返す。

それでも亮は、すがりつく肉襞を袖にして、肉棒の律動をやめようとしない。

「あああっ、いやあっ……あああっ……」

亜弓が、唾液にまみれた唇をわななかせて厭《いと》う声をあげた。それが演技なのか、本心なのか亮には見抜けない。

けれど、その肉体は、あまりに正直な反応を見せている。亮は、媚肉の蠢きを肉棒でしっかりと感じ取っては、より過敏な箇所を亀頭の傘でゾリ、ゾリとこそぎたてた。

「ひあぁっ、くひぃんっ！　ソ、ソコばかり、だめよぉっ。あん、あんッ」

「うはぁっ、亜弓のナカがヒクヒクッてした……。頭では嫌がっていても、ココが感じてしまうのでしょう？　もっとしますね……いっぱい感じて！」

亜弓を堕とすことに牡の本能的な愉しみを見出し、執拗に性感ポイントを攻め立てる。

「あんッ、あぁあんッ。あそこが、熱いっ。擦られるたびに、ピリピリッてイケない感覚が弾けてしまいます……。イヤなのに……ダメなのに……。あぁ、何かが……こみ上げてきちゃうぅっ！」

トランジスタグラマーがフルフルと震えながら、逞しい若牡になすすべなく蹂躙《じゅうりん》されていく。

せめて声だけは抑えようとしたのか、はしたなく開いた唇に手を運ぶも、力が入らずに広がった指の隙間から、甘ったるい牝鳴きが漏れている。

「……ああっ……もう、お、終わりにして……ああっ、これ以上亜弓を狂わせないで……んんっ、あはあっ……」

「イヤだ。ボクは、もう亜弓から離れたくない。ボクのセックス奴隷になると承知したのでしょう？　だったら、この熟れたカラダでボクを愉しませるのが亜弓の務めです」

「……そ、そんなっ……あああっ……」

抗議の声をせつない啼き声が裏切り、媚熟女はクナクナと首を振った。

「ああ、やっぱ色っぽい声で啼く……。さあ、そろそろ下のお口にボクの精を注ぎますよ。たっぷりとね」

「ひっ……そ、そんなっ……！」

女体の芯に精を注ぎ込まれる——身を穢《けが》されるおぞましさと妊娠の恐怖がキャリアウーマンを襲ったらしい。中出しを許してくれたことなど、とうに忘れているのか、それとも官能小説を思い浮かべての演技なのか、それも亮には見分けがつかない。

「い、いやですっ……そ、それだけは、絶対にいやっ……！」

亜弓は裸身を激しくよじりたて、両手を亮の肩に押しあてて懸命に身を引き離そうとする。

いかにもおんなを犯している悦びが亮の中に満ち溢れた。

「本当にいやならボクの体を突き放して逃れてみろよ！」

真に迫った亜弓の抵抗ぶりが亮にはこの上なく愉しい。ひとしきり抗いを引きだしておいて、腰の芯を抉りぬくような激しい抽送を加える。

「ひいっ、いやっ……ああっ、や、やめてっ、あああっ……！」

花芯から脳天に閃光が貫き、総身が灼け痺れるような快美感に亜弓が啼き声を噴きこぼした。亮の胸板を押しのけようとしていた手がソファに落ち、ギュッと掌を握りしめている。

「ああっ、だ、だめっ……お願いっ、や、やめてっ、んんっ、あああっ……！」

たちまち、めくるめく官能の火柱が女体を焼き尽くし、またしても媚熟女を肉の愉悦の頂点へと押しあげていく。

「イクなよ亜弓。今度勝手にイキ恥を晒したらボクの精子を子壺に注ぎ込むぞ！」

言葉とは裏腹に、亮がここぞとばかりに、ぢゅぶッ、ぢゅぶんッ、ぢゅぶぶぶッッと怒張で牝芯を抉りたてる。

「あはぁっ……ゆ、赦《ゆる》してっ、ああっ……い、いやっ、あああっ……イッちゃう。あ、ダメなのにぃ」

いまの亜弓は本気で、これ以上、絶頂へと昇りつめることを拒んでいるのかもしれないし、精の汚濁をおんなの源泉に射込まれることをおぞましく思っているのかもしれない。

それでいて、間際に迫る絶頂の頂《いただき》に手を伸ばしたくて仕方がないのだろう。だからこそ、兆《きざ》しきった牝肉はキャリアウーマンの意志を裏切り、自ら進んで官能の奈落へと向かい堕ちていくのだ。

いや、許して、お願いですから――と訴える哀訴の声さえ、めくるめく官能の色に染まり愉悦に慄えているのは、そのためだ。

「あひいっ、だめっ、だめですっ……ほううう、い、いやあ～～っ」

いやっ、いやぁっ――オーガズムを拒もうとするかのように亜弓は、おどろに髪を振り乱し、美貌を左右に激しく振りたくる。

だが、もはや絶頂を拒むことなどできない。ズンッと亮が女体を撃ち抜くと、子宮が爆《は》ぜたかのような熱く快美な閃光が一気に脳天まで刺し貫く。啼き濡れた媚熟女の顔が顎を突きあげ、白い喉をさらしてグンッと折れんばかりにそり返り、末期の喘ぎを噴き零した。

「きゃうううううっ……」

セパレートストッキングに飾られた媚脚がソファの座面を蹴り、汗みずくの裸身が弓なりに仰け反った。

捧げるように突きあげられた蜜腰がブルブル慄《ふる》え、怒張をより深く呼び込むように、亮の腰にググッとおんなの丘が押しつけられる。

灼け蕩ける花芯がグジュウッと収縮し、熱く滾《たぎ》る蜜液を浴びせながら亀頭を捻《ね》じ切らんばかりにキリキリと絞りたてた。

「ああ、亜弓っ。なんてエロいイキ貌なんだ！　その貌でボクの射精を促すのだね？」

このままいつまでも繋がっていたいと願ったものの、悩ましく蠢く媚肉に揉み搾《しぼ》られ続ける快感に、絶倫の若き肉棒にも限界が兆していた。

大きく息を吐き、亜弓の腰を両手で力強く摑んでグイッと引き寄せる。

反り返る怒張を根元までズブズブゥッと押し込み、膣内を己の分身でいっぱいに埋め尽くす。

「ぐわあぁっ、イクよ、亜弓っ……。今度は思いっきり、亜弓の膣内にいっぱい射精《だ》すよっ！」

「ひやぁっ！　だ、だめよ亮さん、いけませんっ。ああっ、赦してくださいっ……ダメぇぇぇ〜っ！」

牡獣による征服宣言に慄き、亜弓は背中でソファを擦り上がり、逃れようとする。

しかし、亮に腰をガッチリと摑まれていては、それも儚い抵抗に過ぎない。

しかも、その肉体は久方ぶりの悦びをもたらした若牡をとっくに受け入れている。

蜜壺がキュキュ〜ッと悩ましく収縮して猛り狂う肉棒をネットリと包み込み、射精を促してグネ、グネと蠕動するのだ。

うっすらと開いた子宮口が射精寸前の鋭敏な亀頭にチュプッと吸いついた瞬間、亮は頭の中が真っ白になる強烈な快感に呑まれ、全身を激しく打ち震わせた。

「ああ、子宮が淫らにボクの精子をねだっている。もう限界だ。残らず全部、射精《だ》すよ。たっぷりと子宮で味わうんだ！」

亮は低い唸り声とともに肉傘をググッと膨らませる。凄まじい悦びを味わいながら一気に爆ぜさせた。夥しい精の飛沫を怒涛の如く子壺に撒《ま》き散らし、牝芯を灼き尽くす。

お前は俺のおんなとなったのだ。牝奴隷になったのだと烙印を押すように、ドクッドクンッと濃厚な牡精を子宮に注ぐ。

「あううううっ……」

牡獣の子胤をグビグビと子宮で呑みながら、めくるめく愉悦に亜弓は亮の背中に細い腕を絡み付けてくる。反り返らせていた美貌を内に折り込むように引き起こし、ググッと総身を硬直させるのだ。

「ひいい、熱いっ！　ああ、亮さんの子胤に、亜弓の子宮が灼かれるぅ〜〜っ!!」

張り上げた声に甘いビブラートがかかる。震える喉を汗が滑っては鎖骨で煌めき、深い乳房の谷間へと流れた。

「イク、ああッ、イクぅ〜〜っ」

種付けを受ける牝の本能的な悦びが、またしても亜弓を絶頂へと導いた。呼吸さえままならず、奥歯をカチカチと鳴らし、淫らに瞳を潤ませている。

「……あああああああっ……」

長く尾を引く猥褻な喘ぎが部屋の壁に染み入るとともに、媚熟女の裸身がアクメの硬直を解いていく。白く華奢な手が亮の背筋からずり落ち、泣き濡れた顔がしなだれるようにソファの上にガクリと落ちた。

「亜弓のイキ貌って、やっぱりエロい。こんな貌を見ていたら、またすぐにやりたくなっちゃう」

媚熟女を絶頂へと導いた自負と自信が、亮には漲《みなぎ》っている。その言葉通り、すぐに復活しそうなムズムズする予兆を下腹部に感じている。

その声が果たして聞こえたかどうか、亜弓は官能に蕩けた瞳を見開いたまま、ハアハアッと荒い息を噴き零している。

汗に濡れた桜色の頬に数条のほつれ毛をまとわりつかせ、しどけなく開いた唇を微かに慄わせるその顔は、牡獣に蹂躙された儚さと共に、肉の愉悦に洗われたおんなの恍惚を被虐美にまで昇華させ、神々しいばかりに輝かせていた。

第三章　敏感ナースの弄られ啼き

1

「ああ、やっぱり罰が当たったんだ。そうだよな。この顔がモテるなんて、おかしいと思ったんだ……」

亮はやるせない思いに自室のベッドで懊悩している。

三日前までは、幸福の絶頂にいたはずなのに、突然、奈落の底に突き落とされたのだ。

「ああ、亜弓さん……」

マッチングの成立から、亜弓とは二週間ほども蜜月を過ごした。けれど、唐突に別れを切り出されたのだ。それも、たっぷりと愛し合った後だけに、亮には余計にショックだった。

「このままでは私たちダメになってしまいそうで怖いの。少なくとも私は、亮さんに溺れてしまいそうで。仕事にまで支障をきたしているから……。カラダの相性がよすぎるのね」

性癖が満たされる悦びに、亜弓も亮から離れられないと、あれほど繰り返し言っていた。けれど、それとは裏腹のセリフを耳にしようとは。

「ちょ、ちょっと待ってよ。ボクたち愛し合っていたよね。少なくともボクは亜弓さんを本気で……」

何とか亜弓を翻意させようとする亮の唇を、媚熟女は朱唇で塞いだ。

(ああ、これで終わりなんだ……)

亜弓の万感の思いを載せた口づけに、亮はその決意の固さを思い知った。

亮もサラリーマンだから、実社会の厳しさは身に沁みている。有能であろうとも、派閥や学閥などの理解しがたい壁に阻まれ、出世できないケースは珍しくない。ねたみ、嫉《そね》み、嫉妬に足を引っ張られるのもよくある話だ。それが女性ともなると、さらに難しくなる。

表向き、いくら機会均等や男女平等を唱えても、まだまだこの国の男社会は変わっていない。おんなというだけでハンデを負わされることも少なくないのだ。

日本の企業で女性が社長を務める割合は、わずか15％にも満たないことがその証しだろう。

恐らく亜弓も、人並み以上の努力と多くの犠牲を払い、一流企業で役職を得るまでになったに違いない。

これからも出世競争に打ち勝っていくには、亮如きに拘《こだわ》っていられないのだ。

「ごめんなさい。判っています。これは私の我がままだと。でも、許して欲しいの。これまでのキャリアを失いたくはないの……」

ダメ押しに謝られまでしては、どうにもならない。たとえ亜弓に跪きプロポーズをしても、受け入れてもらえないだろう。

実は、間の悪いことに、菜々緒からも別れを告げられた矢先のことだった。

「亮さんには、他にいい人ができたから……。私が邪魔をできないわ。私も他の人を探します。今度は、それほど年の離れていない人にしようかしら……」

もっと多くの女性と経験した方がいいと勧めてくれたのは菜々緒だった。

けれど、亮はその言葉通りに受け止め、未亡人の本心を理解しなかったのだ。年上であり未亡人でもある彼女の引け目や、おんなの寂しさを顧《かえり》みようとしなかった。

はじめての女性との付き合いに、やさしさや思いやりが足りなかったようだ。

菜々緒と亜弓の双方を平等に扱っていたつもりでも、ややもすると積極的な亜弓の方に気が行っていたのかもしれない。

いずれにしても、あれほど強く抱いていた結婚願望をいつの間にか忘れ、都合よくふたりの間を行き来していた報いなのだ。

「ボクの宝ものだったのに……。菜々緒さんも亜弓さんも大切にしていたのに……。でも、そんなどっちつかずの気持ちを、ふたりには気取られていたのかも。そんなだから愛想をつかされたのも当然か」

三日間、食事も喉を通らずに会社をずる休みして、失恋の痛みにのたうち回り、苦しんだ。

悔やんでも悔やみきれないが、どこかで踏ん切りをつけるしかない。

「しょうがないよ。モテた試しなんて今までなかったのだから……」

ワニ顔の自分が、菜々緒や亜弓のような美女とお近づきになれた上に、男女の関係まで結ぶことができたのだから舞い上がるのも当然だ。そもそも女性に対し、免疫がなさ過ぎたのだ。

「何もかもがはじめてだったのだから、不慣れなのも当然。上手くいかないのも当然。

だから、今回のことから何を学ぶかが大切なんだ」

張り裂けそうなほどに、まだ胸は痛むが、何とかそう思うことでやり過ごそうとした。

「よし決めた。明日から会社に行こう……。そして、もう一度、あの凄いアプリに頼ってみよう」

失恋の痛みは、新しい恋を見つけることが一番の良薬だと、失恋経験だけは豊富な亮だから知っている。

真夏の蒸し暑さがこもる部屋の窓を開け放ち、落ち込んだ気持ちも一緒に夕暮れの風に吹き飛ばそうとした。

2

「今度こそリベンジ！　ってのもおかしいか……。ともかく、女神さまと巡り会えますように」

ワニ顔には似合わない乙女のような願いを吐きながら、性癖マッチングアプリを開いてみる。

貪るように登録された女性たちの顔写真やコメントを物色していくと、その中に桑《くわ》名《な》美《み》咲《さき》という名をを発見した。

「桑名美咲って、はぁ？　まさか彼女が……！　いやいやいや、同姓同名の別人だろう」

亮が知る桑名美咲は、先月、亮の住むアパートの隣の部屋に引っ越してきたばかりの女性だ。

「隣に越してきた桑名美咲です。ありきたりですけど、これ引っ越しそばです。お召し上がりください」

今どき珍しくきちんとした引っ越しの挨拶に現れた美咲に、亮はひどく驚いた。むろん、引っ越しそばにではない。彼女の美しさに驚いたのだ。

「あ、あ、あ、えーと。わざわざご丁寧に……。ボ、ボク、いや俺、じゃなくて、その、宮内亮です。よろしくお願いします」

なかなか言葉が上手く出てこずに慌てふためく亮の様子を気に留めるでもなく、にっこりと笑う美咲の笑顔は凄まじいまでの魅力に溢れていた。

「こ、こんなに美しい人が、ここに越してくるなんて、まさしく掃き溜めに鶴ですね」

おべんちゃらを言うつもりはない。つい漏れだした亮の本音だった。

女性の見かけを話題にするだけで、昨今ではセクハラと言われかねない。美醜の感覚も人それぞれであり、蓼食《たで》う虫も好き好きだろう。けれど、この世にはそんな主観的な問題を超越した美しさというものがあるようだ。目の前に現れた美咲を見て、つくづく亮はそう思った。

見る者を惹きつけずにおかない彼女の美しさは、一種の特殊能力であるかもしれない。

どちらかと言えば童顔系の優しい面差《おもざ》し。クリッとした大きな目にすっきりと整った鼻筋、さらに弾ける笑顔が素敵な女性。少女のような無邪気さを残しつつも、ふとした瞬間に見せる大人っぽい表情にドキリとさせられる。

菜々緒や亜弓のお陰で、随分と美人には免疫ができたはずなのに、美咲の美貌には、ぽかんとしてしまうほどだ。

これで並の美人であれば、あるいは亮も何らかのアプローチをしていたかも知れない。けれど美咲の美しさは、あまりにも現実離れしているため、遥《はる》か高嶺の花とそんな気さえ起こさせないのだ。

その美咲が、こともあろうにこんなアプリに登録しているなど、あり得ないにもほどがある。

「だって、〝こじらせ男女の性癖マッチングアプリ〟だよ。あの桑名美咲が何をこじらせているっていうのさ？」

あまりにも彼女の美貌と、こじらせアプリとのギャップが激し過ぎて、全く現実味がない。勝手に彼女を呼び捨てしているのも、その現実感のなさがそうさせている。

その一方で、アップされている写真が、例によってぼやけているにもかかわらず、その隠し切れない見目麗《みめうるわ》しい顔立ちに「これは美咲だ！」との妙な確信があった。

「どうしよう……。下手にアプローチをしてしくじると、顔を合わせるたびに気まずい空気になることだってあり得るしなぁ……」

遥か彼方の高嶺《たかね》の花にムリに触れようとせずに遠くから愛でるか、ダメ元で思い切ってアプローチすべきか悩みどころだ。

「でも、あれほどの別嬪《べっぴん》さんにアプローチしない手はないよな」

そう考えることができるようになっただけでも、亮は成長しているのかもしれない。かつての自分であれば、端《はな》から諦めていたに違いないのだ。

「それもこれも菜々緒さんと亜弓さんのお陰かな……。まだ胸にぽっかりと穴が開いたままだけど、男として少し成長できたならふたりには感謝しなくちゃ」

何となく菜々緒と亜弓から背中を押されている気がして、思い切って亮はその超絶美女にメッセージを送った。

3

「うーん。やっぱり駄目だったかぁ。まあこのワニ顔と美咲さんとでは、文字通り美女と野獣だものなぁ……」

美咲にメッセージを送って以来、何のリアクションもないまま数日が過ぎている。

だが返事がないからといって、追い打ちのようにしつこくメッセージを送るわけにはいかない。一期一会でマッチングしなかったのだと、素直に諦めるのがルールなのだ。

「逃した魚は大きいかぁ……」

ほろ苦い想いと共に喉に流し込んだビールが、五臓六腑に染み渡る。それでも、ダメ元と自分に言い聞かせていたこともあり、失恋ほどのダメージはない。

「ってことは、これからはアパートの出入りとかも気をつけなくちゃ。彼女と遭遇するのは気まずいしなあ……」

別段、卑下《ひげ》するようにコソコソする必要はないのだろうが、極力、顔を合わせないに越したことはない。

自意識過剰というよりも、美咲の心情を慮《おもんぱか》ってそんなことを考えた。

昨今では、好きだと告白するだけでも、セクハラと言われかねないご時世だ。

セクハラと取られるのは心外だが、亮の気持ちを自分勝手に押し付けたのだから、その程度の気遣いはするべきかもと思うのだ。

もしかすると、自分が強面であるだけにそんな気を遣うのかもしれないが、それもある種やむを得ない。

「まあね。我ながら、この顔がセクハラだものなあ……」

自虐ネタで自嘲しながら、またぞろアプリを開き、次なるお相手を探している。

「あぁぁ。ボクの女神さまはいずこじゃ」

そんな独り言に突っ込みを入れるようなタイミングで、ピンポーン——と、部屋のチャイムが鳴り響いた。

「おあぁっ。びっくりしたぁ……。こんな時間に誰だよ？」

壁の時計に目をやると、とうに時間は夜の十時を回っている。

昼間に受け取り損ねた宅配便の再配達には、遅すぎる時間だ。かといって、アポもなくこの時間に尋ねてくるような友人に心当たりはない。

「まさか、亜弓さんが心変わりしたとか？」

淡い期待を胸に宿し、いそいそと玄関に向かった。

比較的築年数の浅いアパートであるだけに、セキュリティを意識してか、意外にしっかりしたドアが着いている。

けれど、亮にとって最強のセキュリティは自分の顔であるだけに、用心など無縁とばかりに鍵も掛けていない。

「はい」と訪問者に返事をしながら無造作にドアを開け放った。

そこに立つシルエットは期待の通り、美しい女性のモノだった。けれど、期待していた亜弓とは違っている。

「えっ？　あっ！　美咲……さん。あっ、いや、桑名さん……？」

もう二度とそこに立つことはないだろうと思われていた桑名美咲の姿があったのだ。白い半袖のブラウスに、ベージュのスカートといった比較的地味目なコーデ。それでも袖から覗かせた純白の腕からは、清楚な色気が滲み出ている。会社帰りに立ち寄ったものか、肩にはハンドバッグをぶら下げている。

「こんばんは……。その……ごめんなさい。こんな時間に。もう寝る時間だったかしら……」

超絶美女からも幾分の緊張が感じられたが、その美貌には、はにかむような微笑が浮かんでいる。

そのやさしくも甘い顔立ちに、たちまち亮は理性を見失いそうになる。正確に言うと、崩れ落ちようとする理性を懸命に保とうとするから、どこか挙動不審になってしまうのだ。

美咲の微笑には、それぐらいの威力がある。

「いえ。ボ、ボクは、何時であろうと全く構いません。明日は会社も休みですし、まだ寝る時間には……。そ、それよりも桑名さんの御用向きは？」

何となく自分の言葉遣いがおかしい自覚はある。美咲の前に出ると、一種独特の緊張感に囚《とら》われてしまうからだ。

むろん、その原因は彼女の美貌に他ならない。

亮が勤める会社にも、女性社員は数多いる。一流商社であるだけに、才色兼備の女性も少なくはない。けれど、彼女らの容貌については、特別に考えないようにしている。

それこそ美醜を口にするやいなや、差別であるとかセクハラであるとかを問われかねないご時世だからだ。だが、美咲の美しさは、そういった世俗的なモラルやコンプライアンスを遥か彼方に置き去りにしてしまうほど超越している。

「あの……。私、宮内さんとじっくりとお話をしてみたくて。ご迷惑かと迷いもしたのですが、来てしまいました」

丁寧な言葉遣いに美咲の育ちのよさが窺える。恐らく、品のよさもそんなところから発しているのだろう。

いずれにしても美咲からそんな言葉を掛けられては、舞い上がらない方がおかしい。

「あ、じゃあ、えーと。こんな玄関口では何なので、とりあえず上がりますか？」

こんな時間にうら若き女性を部屋に誘うのもどうかと思う。たとえ彼女の年齢が、亮よりも二つ上の二十七歳であるにしてもだ。けれど、彼女の方からじっくりと話がしてみたいと言っているのだから、玄関先というわけにもいかないだろう。

「それでは、お邪魔させてもらいますね……」

断られるかとも思いきや、意外にも素直に美咲は部屋に上がった。

途端に亮の心臓は高鳴る。お隣さんでも、男の部屋に上がり込むということは、脈ありかもと思うからだ。

「うふふ。こんな時間に男の人の部屋に押し掛けて、ふしだらですよね。なんとなく、ドキドキしちゃいます……」

どちらかと言えば美咲は天然らしい。無意識のうちに相手を惹きつける言動を取ってしまうのだろう。それはもう特殊能力と言ってもいいレベルの眩《まばゆ》さを放っている。

慌てて亮は、心の中でサングラスをしてフィルターを掛けたが遅かった。ただでさえ惚れっぽい亮は、さらに挙動不審にドギマギしてしまう。

「ボク、こんな格好のままで……。それにあちこち散らかっていて……」

会社帰りの美咲の服装とは違い、亮はTシャツに七分丈のカーゴパンツと油断しきった格好をしている。しかも、食卓兼用のローテーブルには、食べ散らかしたままの弁当の容器が載っている。

慌てて、その残骸をレジ袋に突っ込み、そのままゴミ箱に押し込む。

「こんな時間ですもの。くつろいでいたのでしょう？　本当にごめんなさい」

動揺する心を少しでも抑えようと、逃げ出すように台所に向かい冷蔵庫を開けた。

「くつろぐも何も、暇だったので構いませんよ。ああ、適当に、その辺に座ってください。今、飲み物でも……。麦茶がいいですか？　飲める口ならビールとかでも」

缶ビールを取り出し、彼女に掲げて見せると、細面《ほそおもて》の美貌がこくんと縦に頷いた。

「お構いなく、と言うべきなのでしょうけど、遠慮なく、いただきますね」

手渡された缶のプルタップを細い指が引き上げる。途端に、プシュッと音が立った缶ビールを軽やかな所作で美咲が掲げる。

亮が呼応して掲げると、優美な所作でビールがその口元に運ばれていく。

ぽってりとした朱唇に飲み口があてがわれ、缶が斜めに掲げられる。

琥珀色の液体が流し込まれるにつれ、愛らしい喉仏がコクコクと動く。その喉元のあまりにも白く繊細なことに、亮は思わず生唾を呑み込んだ。

「ああ、美味しい。とっても喉が渇いていたのです……。特に、仕事終わりのビールは最高っ！」

「こんな時間まで仕事だったのですか……。桑名さんって、何をしている人です？」

思えば美咲のことを何も知らないことに気づき、亮は話の接《つ》ぎ穂《ほ》に訊いてみた。

「あ、美咲と呼んでくださいね。えーと、仕事は看護師です。とってもやりがいがあるのですけど、時間が不規則で……」

正直、美咲とナースの仕事が一瞬結びつかなかった。亮には、看護師はきつい性格の女性というイメージがあったからだ。それでいて現金なもので、早くもその甘い顔立ちが白衣の天使に見えてくる。

それにしても、この遅い時間まで仕事とは、看護師とは大変な仕事だ。

いくら働き方改革などと叫ばれていても、美咲のような独身の若いナースであれば、シフトの時間通りに仕事を上がることは難しいのだろう。加えて看護師不足は、どこの病院でも深刻であると聞いているからなおさらだ。

「あ、それじゃあボクも亮と呼んでください。にしても、お仕事、大変なのですね」

そんな当たり障りのない言葉を吐きながら亮は、ずっとその美貌を盗み見ている。

はじめて彼女が亮の部屋のドアの前に立った時には、その度を越した美貌に、誰かがドッキリでも仕掛けているのではと疑ったほどだ。

掃き溜めに鶴とは、正にこのことで、何ゆえにこれほどの超絶美女がこんなアパートに入居しているのだろう。

けれど、なるほど年若い看護師が仕事であれば、給料もそれほど得られていないであろうから、ここの家賃位の部屋が妥当なのかもしれない。

「でも、こんなに綺麗な看護師さんがいる病院ならボクも入院したいです」

口にしてから亮は、「しまった！」と後悔した。容貌の美醜を口にするのは、あれほど差別的だと自らに言い聞かせていたのに、そのやわらかな微笑につられて気持ちが緩んだらしく、つい本音を漏らしてしまった。しかも、こともあろうに入院したいなどとは、不謹慎も甚《はなは》だしい。

「す、すみません。不適切な発言でした。入院したいなんて不謹慎ですよね。それに女性の容姿をむやみに口にするのもまずかったです。ごめんなさい」

「あら、大丈夫ですよ。うちの病院は、婦人科なので亮さんは入院できませんから。それに美しいと褒めることの何が、いけないのですか？」

やはり美咲は天然であるようだ。しかも、並外れた美貌なだけに「美しい」と言われることに慣れきっているらしい。けれど、それが全く嫌味でもなんでもないのだから恐れ入る。

本当に美しい人とはこういうものなのかもしれない。これまでにも、その美貌のお陰で色々なことがあったであろうことは想像に難くない。それをきちんと受け入れながら、鼻に掛けることなく、それが自分なのだと認めているのだ。

「いけないことはないのでしょうが、最近はそんなことを言うだけでセクハラだと眉を顰《ひそ》める人が多いですから……」

「でも、花や景色を見て美しいと言っても叱られたりはしませんよね。なのに、どうして人にはいけないのかしら」

心底判らないと言った風で、小首をかしげるその美貌に、不意に亮は別のことが思い当たった。

（あれ？　もしかして女神さまに似ている……？）

　壁に飾ってある細密な人物像と目の前の美咲とを密かに見比べ、さらにその想いを強くした。

（うん。やっぱ似てるかも……！）

　目鼻口あるいは輪郭と、具体的にどこがとは言えないが、その類まれな美貌は、見れば見るほど絵の中の女神さまと似ていた。

　そしてやっぱり、不思議なことに美咲は亜弓とも菜々緒とも似てはいないのだ。

（ああ、だから惹かれたのか……。でも、どうして今までそれに気がつかなかったのだろう？）

「あの……。私、返事も返さずにいて、すみませんでした。ずっと迷っていたものですから」

　そう切り出した彼女が、何のことを謝っているのか、よく判らなかった。

　心ここにあらずに近い状態でぼんやりと違うことを考えていたこともあり、かつ、彼女が突然話題を変えてきたこともあって、頭がついていかなかったのだ。

　ただただ思ったことは、急に美咲を色っぽく感じたこと。否、清楚な色気はずっと感じられていたが、その美しさの方にばかり気を取られていた。けれど、いまは大人の女性らしい濃密な色香が、女体から発散されているように感じられる。

その様子に、亮の脳回路が唐突に繋がり、例のアプリのことを言っているのだと気がついた。

4

「あっ、いえ。謝られても困ります。あんなメッセージを一方的に送ったのはボクの方なのですから。でも、正直、もう諦めていました。だから、こうして美咲さんとふたりで呑んでいるのは、ちょっと不思議です」

慎重に言葉を選び返答をする亮。少しアルコールが回りはじめたのか美咲の頬が、ほんのり上気している。

「お隣さんと気まずくなるのは嫌だなって思っていたので、いまこうやって美咲さんが目の前にいるだけでうれしいです」

せっかくなのだからもっと積極的にアピールすればよいものを遠回しな物言いになってしまうのは、ますます彼女に惹かれているからだろう。

実際、その美貌の凄まじい引力に抗うのは難しい。ただこうして美咲を拝んでいるだけで幸せな気持ちにさせられるのだ。

「私も、思い切って押しかけてみて、よかったです。亮さんとお話して、この人とならって思えました」

その美咲のセリフの意味が、またしても亮にはよく呑み込めなかった。

今度はしっかりと聞いていた。それもさっきより何倍も真剣に耳を傾《かたむ》けていた。にもかかわらず、脳みそがフリーズして理解を拒絶している。

「えっ？」

素《す》っ頓狂《とんきょう》な声を喉元から漏らし、目をぱちくりさせた。

本当は、意味くらい判っている。美咲はパートナーとして亮を選んだと言ってくれているのだ。けれど、彼女が亮に目もくれるはずがないとの自虐的先入観が邪魔をして、現実を受け入れられないのだ。

にもかかわらず美咲は、固まっている亮の様子などお構いなしで、さらに呆気にとられるようなセリフを吐くのだった。

「亮さんからメッセージを頂いた時、ああこの人だってピンときたのです。でも、とっても迷ったのは、あのアプリが性癖マッチングだったから……。性癖のマッチングって、つまりは、することを前提で逢うってことですよね？」

なるほど美咲に言われて気がついた。菜々緒や亜弓ともすぐそういう仲になれたのは、そもそもそういう前提があったからだ。

性癖マッチングなのだから、当たり前と言えば当たり前なのだが、亮の頭からは、そのことがすっかり抜け落ちていた。

このマッチングアプリが大前提として掲げていた、〝いわゆる出会い系のアプリとは一線を画し、真面目に恋活や婚活を目的としたものである〟との文言が、亮の頭の中に強く刷り込まれていたからであろう。

「もちろん、私もそれを承知の上で、登録したのですけど……。でも、いきなり顔見知りの人からアプローチがあるなんて思ってもみなくて……」

〝承知した上で〟とのフレーズが引っ掛かったが、あえてそこには触れずに、他の角度から探索してみる。

「それじゃあ例えば、ボクと顔見知りじゃなければ、あのメッセージに応じてくれたのでしょうか？」

「さあ、どうでしょう……。考えてもみなかったから判りません。でも、もしかすると、結局、踏ん切りがつかなかったかも……」

小首を傾《かし》げ、真剣に考え込む様子が、ひどく可愛らしい。

「ああ、そうですね。むしろ、亮さんが顔見知りだったから、思い切ってこうしてここに……。だって、やはりちょっと怖いでしょう。知らない人と、することを前提にだなんて」

そこまで話が及び、亮は一つの結論に辿《たど》り着いた。

「あの、もしかして美咲さん、ボクとエッチすることを前提に、いまここにいます？」

口にしてから自らの問いかけが、あまりにもデリカシーに欠けていることに気がついた。けれど、吐き出してしまった問いは、もう口には戻らない。

美咲の美貌が、いかにも恥ずかしげに俯《うつむ》き、一層赤く染まるのを亮は固唾《かたず》を呑んで見守った。

やがて、小さな頭がこくりと上下に頷く。今にも消え入りそうでありながら、俯いたまま漆黒の双眸《そうぼう》が上目遣《うわめづか》いに、こちらの様子を窺っている。

一方の亮は、バクバクと心臓が高鳴り過ぎて苦しい。カラカラになった喉を缶ビールで一気に潤した。

カーっと胃の腑から噴き上げる火は、アルコールによるものばかりではない。急速に、下腹部に血液が集まっていくのを、どうしようもなく自覚した。

「本当に？　美咲さんみたいな美人が、ボクとだなんて信じられません！　だって、ほらボク、こんな貌をしているし、その割に中身はヘタレだし……。いいところなんてほとんどありませんよ。そんなボクでも本当にいいのですか？」

ありえないほど都合のいい展開すぎて、キツネにでも摘まれたような心持ちだ。だからこそ、よりはっきりとした言葉で美咲の本心を訊きたかった。

「私、殿方《とのがた》の容姿にはあまり……。以前、外科に勤めていた経験もあって、見た目なんて皮膚一枚の下はみんな同じだと知っていますから」

さすがにそのセリフにはドキリとさせられたが、看護師の仕事をしているとそんな感慨を抱くものなのかと感心した。

あるいは美咲が自らの美貌に頓着《とんちゃく》しない理由も、あるいはそんなところにもあるのかもしれない。むろん、幼少から培《つちか》われた彼女の価値観もあるのだろうが。

「実は私、いくつかフェチを持っていて、そのひとつが匂いフェチなのです。普段は、消毒液の匂いに囲まれているせいか、かえって匂いにはとても敏感で……。それで、亮さんの匂いに惹かれて……」

幾分、表情を硬くして美咲が自らの性癖を告げた。

「匂い？　ボクの匂いですか？」

「ええ。匂いのことを口にするのはマナー違反でしょうし、不快に思われるかもしれませんが、どうしようもなく私、亮さんの匂いに惹かれるのです」

少しでも強面をカバーしようと、清潔感には人一倍気を付けている。匂いにも気を配っているが、だからといってコロンなどを用いてはいない。

つまりは、亮の肌から滲み出るわずかな体臭が、美咲には好みであるらしい。

「不快になど思いませんし、そうまで言われると悪い気もしません……。それで、他のフェチというのは？」

亮に促され、美咲のぽってりとした唇がさらに言葉を紡ぐ。

「もうひとつは、手フェチです」

「手フェチ。手フェチって、この手ですか？」

「ええ。私好みの手の容《かたち》があって、その手に肌を触られたいって……。私にとっては、匂いフェチより、こちらのフェチの方がより重要で……。その理想の手が、まさしく亮さんの手の容《かたち》なんです……。がっちりした節々と長い指に、肉厚の掌とか」

幾分、美咲の口調が熱を帯びたように感じられる。その瞳も色っぽくも妖しく潤ませているようだ。

「これ？　この手が理想なのですか？」

掌を掲げると、白い手が伸びてきて、細く繊細な指で亮の手や甲に触れていく。

「そう。亮さんのこの手。綺麗に爪が手入れされていて清潔感があって、指の長さやゴツゴツ感も……。亮さんのこの手に触られることを想像しちゃうと私……」

触って欲しいとの表れなのだろうか、いかにも愛おしげに亮の手に頬擦りさえしてくる。

「実は、まだあるのです。声にも……。亮さんの声質や響き方が、とても……」

なるほど美咲もこじらせている。匂いフェチと手フェチに声フェチの合わせ技一本らしい。

「でも私、気づいてしまったのです。性癖アプリでは、私のフェチが満たされるカップリングが実現するかが怪しいって……。だって、匂いはアプリでは確認できないし、手だって写真では……」

確かに声も、スマホのスピーカーで聞くのと実際に面と向かって、じかに耳で聞くのでは大きく違う。これでは美咲の言う通り、フェチが満たされる可能性は少ない。

「でも、理想と思っていた亮さんから、まさかメッセージが届くなんて……。だから、本当にどうしようか真剣に悩んだのです」

まさかとは、亮の方のセリフだ。同時に、亮は心から性癖マッチングアプリに感謝した。自分の手や声質が美咲の好みと合致しているなど、普通であれば知る由もない。間接的にとは言え、アプリの導きがあってこそのマッチングと思えるからだ。

「それで、その……。亮さんのフェチって何なのですか？　私で満たしてあげられるとうれしいのですけど……」

もはや先ほどまでの美咲とは別人と思えるほど、あからさまに色っぽい上目遣いが亮に向けられる。

想像以上に甘口の彼女に、亮は酔わされていく気分だ。

コケティッシュな美人看護師から目を離さないまま亮は壁を指さした。

「ボクのフェチはあれです。一種の二次元フェチみたいなものですね。恥ずかしながら中学生の時から、ずっとあの絵の彼女に恋をして……。それで、いつも彼女に似た女性を探しては片思いを……」

「つまり、あの絵から抜け出してきたような女性を求めているってことですか？」

うっとりと濡れた瞳が、絵の中の彼女をじっと見つめている。ついにはその場から立ち上がり、細密画まで近づいては、まじまじと額《がく》の中の彼女を見つめている。

「あの……。顔はそれほどではないかもですけど……。私、彼女とそっくりな体つきをしていると思うのです。不思議なくらいに……。もしよければ、確かめてみませんか？」

はにかむような表情で、超絶美女が聞いてくる。思いがけない提案に、亮は激しく頭を上下に振った。

それも当然であろう。それを確かめるということは、美咲が裸になるということなのだ。

あまりにも判りやすい亮の反応にも、美咲は妖艶な微笑を見せてくれた。

「その代わり、その素敵な手で、いっぱい私のカラダを触ってくださいね……」

またしてもぶんぶんと顔を上下させる亮に満足したように、美咲は身に着けているものを脱ぎはじめた。

5

繊細なガラス細工のような指先が、ブラウスのボタンに掛かると、下から順に外されていく。

白いブラウスの袖から腕が抜かれると、光沢を帯びた薄いベージュのインナーが現れた。ブラウスから下着が透《す》けることを嫌ったものなのであろうが、そのキャミソール姿がまた色っぽい。

美咲は着やせするタイプであるらしく、想像以上に豊かな胸元が滑らかなキャミソールの生地を盛り上げている。しかも、露わとなった細い首筋やデコルテラインは、思わずため息が出てしまうほどの美しさなのだ。特筆すべきは、そのくっきりと浮き出た鎖骨の美しさで、もはや芸術品と呼べるほど。デコルテに沿って水平にまっすぐに伸び、しかも左右対称に整っている。

全体にスレンダーな体型ながら、適度な肉付きもあって男好きがする感じだ。

（うわぁぁっ。美咲さんって脱いだら凄いタイプなんだ……！）

ブラウスを脱ぎ捨てた美咲は、次に何を脱ぐべきか迷っている様子。暫《しば》し逡巡した後、手を伸ばしたのは、濃いベージュのスカートだった。

腰の脇のファスナーを引き下げてからホックを外すと、ストンとスカートを床に落とす。

途端に、引き締まった腹部に婀娜《あだ》っぽい腰回り、すらりとした美脚までが惜しげもなく晒された。

さらには、黒いストッキングまで引き下げてしまう。

「亮さん、お口がぽかんと開いていますよ」

そんな言葉で亮をからかいながらも、美人看護師はキャミソールの裾にも手を掛け、一気に上へと引き上げた。

淡いブルー系の下着が、純白肌を物凄く映えさせている。

頬を上気させているのは、興奮をしているのか羞恥しているのか。恐らくはその両方なのだろう。

無言のまま美咲が、ついに、しなやかな腕を背筋に回した。

薄い肩越しに視線を送り、背筋のホックを外すのだ。

フッと擦過音がしてホックが泣き別れになると、豊かな谷間が緩みを見せる。

淡いブルーのブラカップが外されると、いかにもやわらかそうな肉房がそれぞれ左右別々の方向に開いて流れていく。左右のふくらみの間隔がやや広めではあるものの、乳房自体が豊かであるために美のバランスは崩れない。

大きさだけでいえば、菜々緒と亜弓の中間くらいであろうが、その乳肌が抜けるように白いせいで白桃のような艶めかしさを感じさせる。

「ああ、本当だ。女神さま……い、いや。絵の中の女性と瓜二つの乳房だ！」

その胸の容《かたち》といい、左右のバランスといい、さらには肌の奥から透けるような白さといい、どれをとっても絵の中の彼女そのままなのだ。

そればかりではない。悩ましいデコルテやお腹の引き締まり具合、腰回りの張り出しなど、美咲がモデルとしか思えないほどの相似性だ。

「まさか美咲さん、ヌードモデルなんて経験ありませんよね？」

そう尋ねずにいられない亮に、けれど、当然のように美咲は左右に首を振る。

「そんな経験ありません。こう見えて、本来は身持ちの堅い方なのですよ。私の裸を目にした男性は、亮さんを入れても片手に余るのですから……。なんて。こんなに簡単に裸になるようでは説得力もないですよね……。うふふ、だったら大胆に振舞ってしまおうかしら。ねえ、約束よ。あなたのその手で触って」

口調を変化させた美咲が、亮の横に腰を下ろした。

ふわりと甘い匂いが濃密に漂ってくる。微かに消毒液の匂いが入り混じるのは、仕事柄、肌に沁みついているのだろう。むろん、それはどこまでも清潔さを連想させるもので、決して不快ではない。

「ああ、やっぱり亮さんの匂い、とってもエッチ！　どうしてだろう。とってもそういう気にさせられてしまうの……」

扇情的な告白をしながら美咲が亮の胸元にしなだれかかる。鼻先を亮の首筋に近づけて、辺りの空気を吸い取っている。けれど、そういう彼女の方こそ、いい匂いで、しかもエッチな匂いがする。

「美咲さん……」

ゆっくりと手を互いの身体の間に挿し入れ、人差し指を美しい鎖骨に触れさせる。

そこからはじめたのは、高価な美術品よりもよほど繊細な鎖骨が、女体を象《かたど》る曲線美の象徴のように思えたからだ。

指先一本でも、その肌のハリと滑らかさが堪能できる。

これからたっぷりと触れさせてもらいますと挨拶するように、そっと指先を優美な鎖骨に沿って這わせた。

「んっ……」

途端に、ビクッと女体が震える。大胆に振舞っていても、やはり美咲も緊張しているのだろう。その反応をしっかりと確認しながら亮はもう一方も指先でなぞった。

「あん。ウソっ。たったそれだけで感じてしまう……。あなたの指先、魔法みたい」

美貌を上気させながら女体をブルッと震わせる美咲。指先を鎖骨から肩へと持ち上げると、くすぐったそうな表情で首をすくめた。

「魔法ではありませんよ。美咲さんが気持ちよくなる場所を探しているだけです。いっぱい探り当てますから、美咲さんもボクの指先に集中していてくださいね」

そう注文をつけてから亮は、女体を両脇に抱き抱えるようにしながら、薄い肩越しに腕を背筋へと伸ばした。

指先を美肌に触れるか触れないかの距離に保ち、フェザータッチを心掛ける。

「にしても、やわらかいっ！　しかも、なんて滑らかなのでしょう……」

石膏の如く白く大理石のように滑らかな肌は、それでいてひどくやわらかい。余計な脂肪があるわけではなく、むしろスレンダーな体型なのに、ふんわりとやわらかいのだ。脇に抱えている女体の抱き心地も、低反発ウレタン製の抱きまくらでも抱えているようだった。

「んむっ……」

背筋に亮の指先が彷徨うにつれ、控えめな喘ぎが漏れはじめる。その朱唇を掠《かす》めるように、亮は自らの同じ器官をチュッと重ねた。

啄《ついば》むように口づけしながら、ゆっくりと背中を熊手状にした掌で撫でていく。

(はじめのうちはなるべくカラダの中心から外側を責める……。背中とか側面とかをソフトに触りながら、相手の反応を見て女体の中心部に攻め込むんだ……)

菜々緒と亜弓から学んだ女体攻略法。二人の美熟女が手取り足取り教えてくれたことに、亮なりのアレンジも加えた官能のメソッドだ。

「美咲さんのすべすべお肌、まだ水を弾きそうなほどですね。なのに、吸い付いてくるようなもっちり感もあって、触っているボクの手が悦んでいます！」

ただ黙って触るだけでなく、その滑らかな感触ややわらかな手触りを実況していく。声質を褒められていたこともあったが、耳でも感じさせる手管なのだ。

（恥ずかしければ恥ずかしいほど女体は燃え上がるはず……）

脳裏に刻んである美熟女たちから得た学びを一つ一つ実践していく。

「どうですかボクの手は？　手フェチの美咲さんのあちこちを触っていますよ」

「ああ、亮さんの素敵な指先が、私のカラダを触れていく……。いまは背筋にある手が、いずれ私の乳房やもっと恥ずかしいところにまで……」

頭脳明晰な看護師が、亮の手の動きを先回りしていく。勝手な妄想を膨らませては興奮していくあたり、菜々緒や亜弓に似ている。否、賢い女性は、その淫らな妄想を煽ってやれば、勝手に乱れていくものなのだ。

それを理解しているから亮は、殊更に言葉責めをする。

「そうですよ。ボクのいやらしい手は、必ず美咲さんの感じてしまう場所を探り当てて触りますよ。本当は、美咲さんもそれを待っているのでしょう？」

「ああん。感じてしまう場所にだなんて……。でも私、きっと、そう。亮さんに触られてしまうのを期待しているの」

従順に亮が求める通りの言葉を美咲は漏らしてくれる。もしかすると、誘導しているのは亮の方ではなく美咲の方なのかもしれない。そうだとしても、美咲のカラダに触れることは、どこまでも愉しく、かつ興奮させられる。

「今度はどこに指先を進めましょうか……。ここかな、それともここかな……」

細い首筋を左手でスッと撫でてから、右手で脇腹のあたりをくすぐってやる。

「キャッ」とくすぐったがる素振りで腰をくねらせる美咲の腋《わき》の下に、今度は手指を運んでいく。

「やあ。美咲のくすぐったいところばかりぃ……。意地悪な亮さん」

超絶美女のすべすべした二の腕が亮の首筋に巻き付き、ぐいっと頭を引き寄せられる。ぽってりとボリューミーな朱唇が、積極的に亮の唇を覆う。

これまで亮が仕掛けてきたような掠め取るようなキスとは違い、百年の恋を貪るような熱烈な口づけだった。

(ああ、美咲さんって大胆なだけでなく、情熱的でもあるんだ……)

清楚な美貌とのギャップに、亮は目の前をクラクラさせながら、ついにその指先を乳房の側面へと運ばせた。

「んむぅっ！」

刹那《せつな》に、美人看護師の熱い喘ぎが、亮の口腔に振りまかれる。

乳肌の滑らかさは、背中や脇のあたりと全く同じ。けれど、そのやわらかさがまるで違う。女体の中でも屈指のやわらかな物体が、鉤状にした亮の指先に、まるで袋に詰めたゼリーのように自在に容《かたち》を変えていくのだ。

（うおっ！　美咲さんのおっぱいヤバっ！　触れている指が蕩けそう……）

わずかに指先が横乳に触れただけで、亮の興奮は一気に沸騰させられた。

背中など比較にならないほどのふんわり加減。乳膚の生クリームのような滑らかさも相まって、シフォンケーキを思わせる。

（冷静に！　はじめてのおっぱいでもあるまいし……。焦りは禁物だぞ）

凄まじいまでの乳房の魅力に、ややもすると冷静さを失い、真正面から責めたくなる。そんな逸《はや》る気持ちを亮は必死に耐えた。

官能味たっぷりの朱唇に口を塞がれたまま、暫し指の腹でだけ乳肌を堪能してから、今度は指を伸ばし掌全体で愛撫をはじめる。

（まずは副乳とかリンパとかを温めるように……）

何とか美咲の乳房を蕩けさせたい一心で、彼女の腋の下と横乳の境目のあたりをやさしくなぞりはじめる。

まっすぐに腕を伸ばし、乳房と腕が触れるあたりを探り、指先をあてがった。

「あん、何？　くすぐったいような気持ちがいいような……えっ？　あん、あぁっ」

くすぐったがりの女性は、実は感じやすいはずなのだ。それだけ神経が敏感であるからこそ、くすぐったさを感じるらしい。そのくすぐったさを丹念に開発してやれば、やがてはたまらない性感へと変わっていく。

これまで美咲が、どれだけ乳房性感を開発されてきたかは判らないが、くすぐったがりであるだけに感じやすいカラダであることは確かなようだ。

「あん、切なくなる……。何これ、乳房が火照っちゃう……」

残暑とは思えないうだるような暑さに、クーラーを効かせているため、むしろ女体は冷えている。その低い乳肌の体温を掌の熱で高めているのだ。

温められると神経は敏感になり、感じやすくなる。そして、いま亮がしきりにあやしているリンパのあたりや副乳腺の近辺には、多くの神経が通っているらしい。

「亮さん……。とっても素敵。うっとりしてしまうくらい気持ちがいい上に、あっ、んんっ、乳房がもやもやしてくるの……」

穏やかに触れているだけではあっても、いわゆる性感帯を刺激しているのだから、反応が起きない方がおかしい。

さらには、下乳にも指を這わせ、その性感を高めてやる。

もともと、アンダーバストは乳房の他の部分より感じやすい部位であり、美咲自身もここをあやされると感度が上がると気づいているはずだ。

「あっ……んふぅ……うふぅ……あはん、ねえ、どうしよう……美咲、感じてきたわ……あん、確かに乳房は弱いのだけど……。こんなに感じるのは……あぁん」

さっきまでくすぐったそうにしていた腋の下も、慣れてくるに従い、反応を露《あら》わにしはじめる。

びくんと女体を震わせたり、軽く腰を浮かせたり、美貌を左右に振ったりと、悩ましい反応を隠せなくなっている。

正直、これまでに感じたことのないほどの手応えだった。

菜々緒にしろ亜弓にしろ、美咲ほどの反応は得られなかった。にもかかわらず、この超絶美女は、どんどんその感度を上げ、ついには背中を仰け反らせるくらいにまで激しく感じている。

「そんなに感じるの？　でも、もっと美咲さんを感じさせたいです！」

美人看護師のあからさまな反応に気を良くした亮は、やさしくなぞっていた愛撫をもう一段、刺激的なやり方に変化させた。

腋の下からふくらみをやさしく持ち上げながら、中央へ寄せるように圧迫する。

「んふぅ……ああ、だめぇ……敏感になり過ぎちゃう。あはぁ……んっ、んんっ」

艶やかな嬌態に我慢ならなくなった亮は、やむなく口腔を解禁した。焦らすつもりもあり、より刺激の強まる舌や口での愛撫を抑えていたのだ。

クリームを塗りつけたかのような乳肌に唇を這わせ、舌を伸ばしながら息を吹きかける。側面から下乳にかけて舌先をゆっくりと進め、途中で丸く円を描いたり、乳暈の間際で戯れたりと、やさしい愛撫を繰り返す。

「すごくすべすべ。それに甘い！」

汗に濡れた乳肌に、わずかな塩味と微かな酸味も感じる。不思議なのは、仄《ほの》かな甘みまで感じられることだ。皮下から湧き上がる甘い体臭が、錯覚させるのだろう。

「あん。あはぁっ……。ダメよ。感じちゃう……。ああん、じっとしていられなくなるぅ」

瑞々しく熟れた果実は、たわわにいやらしく、十分な反応を見せてくれる。

完熟の肉房ごと女体がブルブルと震えるのだ。

「ああ、おっぱい美味しい！　きっと、この乳首も美味しいのでしょうね」

「ああん、吸って……美咲の乳首、吸ってぇ……焦らされ過ぎて、疼いているの。亮さんに吸って欲しいの……」

清楚な美貌を濃艶に崩れさせ色香を発散させる美咲。その淫らなおねだりに誘われ、ついに亮は乳首を口腔に含んだ。

「ぢゅちゅちゅばッ!!　最高に美味いです……。レロレロレロ……乳首、感じるのですね。こんなに尖ってる……ぶぢゅちゅちゅッ！　ああ、こんなにいやらしくそそり勃っていますよ！」

「んふん、んんっ……あはぁ……いやよ、強く吸いすぎ……乳首大きくなっちゃう……あはんっ……硬くいやらしい美咲の乳首……っく……は、恥ずかしいっ」

涎まみれになった乳首同様、超絶美女の瞳までが、とろりと淫らに濡れている。甘い顔立ちが悦楽に蕩けると、これほど官能的になるものかと感慨深く眺めた。

「美咲さんのおっぱい、素敵です。すべすべつやつやで、ふんわり甘くて……容《かたち》だって、色艶だって……どこもかしこもが極上です。きっと世界一の美乳でしょう。何より、この感じやすさは、やばすぎでしょう！」

大きく口を開け、頂《いただき》を吸いつけながら、やさしく歯を立てる。

瑞々《みずみず》しい女体が、びくん、ぶるるるんっと派手に反応してくれるのが、えも言われず愉しい。

「ああん、美咲、淫らね……。乳房だけでこんなに感じるなんて……。ああん、乳首がいやらしく勃っている……。あっ、あはぁ……まだ弄《いじ》るの？　あはぁん、こんなにいやらしくなった乳首、美咲だって見たことないの……！」

自らの乳首をとろんと潤んだ瞳で見つめながら、美咲は派手に感じまくる。自分の淫らさを自覚すればするほど、恥じらいと昂奮が入り混じり、エロ反応が増していく。脳味噌まで蕩けはじめたらしく、もはやその発情を隠しきれない。

「あふぅっ、あはぁぁ、んぅぅっ……。もうだめよ、切なすぎちゃう……ひぅっ……っくぅん……美咲の乳房、破裂しそう！」

乳房が奏でる官能は、もはやアクメに達してもおかしくないまでに膨れ上がっているようだ。否、軽くイッているようにも見える。美しく引き締まった肉体のあちこちに媚痙攣が起きているのが、その証しだ。

朱唇をわななかせ、額に眉根を寄せて身悶える超絶美女。その貌に見惚れながら亮は、いまなら美咲を絶頂させられると確信し、掌を彼女の股間へと伸ばした。

「あっ、ダメっ。今そこを触られたら、本当に美咲、イッてしまう！」

慌てて閉じようとする太ももに、亮は掌をグイっと挿し込んだ。

まだ股間を覆《おお》っているパンティの下、ふっくらした恥丘を覆う繊毛の感触に痺れるような興奮を味わう。さらにその下にまで手指を進めると、船底がしっとりと湿り気を帯びていることに気がついた。

6

「美咲さん。こんなにパンティを濡らして……本当に感じやすいカラダなのですね」

指先で濡れシミを圧《お》すと、ジュワッと蜜液が滲み出る。

甘く立ち昇るフェロモン臭を嗅ぎながら超絶美女の淫らさを揶揄《やゆ》した。

「あぁっ、亮さん、許してっ。これ以上、美咲を辱《はずかし》めないで……。もうイキそうなの……いまヴァギナを弄《いじ》られたら美咲っ……」

泣きださんばかりに潤んだ瞳は、けれど期待するかの如く妖しい光を含んでいる。

瑞々しい女体はすっかり発情し、子宮の奥を疼かせているのだろう。しきりに、長い脚を伸ばしては縮ませ床に擦りつけるのも、密かに媚肉を太ももの付け根に擦らせているからだ。

「美咲さんは、イキたいのですか？　それともイキたくないの？　すっごく、もどかしそうですよ。素直に教えてください」

「ああん。亮さんの意地悪ぅ……。恥をかくところなんて美咲、見られたくありませんっ……。で、でも、もどかしいの……。おま×こがジンジン疼いているの……ああ、美咲をイカせて……。アクメさせて欲しいっ！」

美貌を真っ赤に紅潮させながらも超絶美女が、その本音を吐いた。

「判りました。それなら、このパンティは邪魔ですから脱がせましょうね」

耳元で囁くと小顔が小さく上下した。

美咲の了承を確認してなお中指と掌底で、ゆっくりと肉土手を揉んでみる。

「あはん！　もうっ!!　亮さんのエッチぃ……。感じやすくなっているのに、いけない悪戯ばかりしてぇっ」

詰るような甘えるような声に、クスクスと笑いながら勢いに任せ手指で薄布の船底を揉み解すと、またしても艶めかしい振動が女体にビクビクンと起きた。

「だって美咲さんが、こんなにエロく反応するから」

べったりと股間を覆わせた掌の蠢きに、次々と女体をヒクつかせる美咲。羞恥に美貌を紅潮させながらも、亮に身を任せるように股間をくつろげてくれる。

（この縦筋が、美咲さんのおま×この入り口。両側の盛り上がった部分が、花びらだな……）

想像を逞しくさせパンティの下のメコ筋を脳裏に描き、中指をぎゅっと食い込ませる。

むにゅんと割れ目に食い込む感触は、薄布越しであっても艶めかしい。そのふっくらしたやわらかさといい、ほっこりとしたぬくもりといい、亮のボルテージを上げさせるには十分すぎるものだ。

「はうんっ！　あはぁっ、そ、そこはっ！　美咲の敏感な場所に食い込んでるぅ」

指の圧迫に、パンティの船底がW字を描いている。狙い通り、淫裂に食い込んだことを悟ると、亮は縦割れに沿って尺取虫のように指を曲げ伸ばしさせた。

「清楚で整った顔が淫らに歪むと、こんなにエロくてセクシーになるのですね。美咲さん、堪りません……！」

「ああん。エロいって、そんなに繰り返さないで……。あっ、あはぁ……。でも、亮さんの言葉がうれしいと、美咲のヴァギナは悦んでいるみたい……ほうぅっ！」

囁くような声は、少し掠れている。これほどの超絶美女の美咲も熟女に差し掛かっているだけに、おんなの反応は激しい。それでいて恥じらいを捨てることがないから、余計に艶っぽさが滲み出てしまうのだ。

「さあ、パンティを脱がしましょうね」

ごくりと生唾を呑みながら亮は、薄布がへばりつく腰部へと手指を運んだ。

少しずつずり降ろすと、美咲が軽く腰を浮かし、剝き取る手伝いをしてくれる。するりと薄布を美脚から抜き取ると、ムンと甘酸っぱい匂いがそこから立ち昇った。

空調の効いた病院が職場とはいえ、猛暑に一日中、蒸れさせていたのだろう。さらには、亮の愛撫まで受け、しとどに濡れまみれた牝臭と饐《す》えた匂いが入り混じっている。けれど、その匂いは決して不快ではなく、むしろ亮を引き付けてやまない。

匂いばかりではなく目でも女陰を堪能したいところだが、一層美咲が亮の胸元にしなだれてくるため頭を下げることができない。

やむなく亮は、再び掌を美人看護師の股間に陣取らせた。その女陰を触覚で味わおうと言うのだ。

「ほら、美咲さんのおま×こ、直接ボクの指に触られるのですよ」

淫らな煽り文句を愛らしい耳に吹き込みながら、中指の先で美咲の秘部をまさぐる。ムリな力など加えずにフェザータッチで、粘膜の表面に指先を戯れさせるのだ。

「あはぁっ……っく……んふぅ……。あ、亮さん。あっ、あああぁぁ」

超絶美女が亮にしがみつく。下腹部から吹きあがる快感に腰が砕けるらしい。びくんと背中を反らしては、ふにゃんと床に沈んでしまう。

「あっ、あぁんっ、そんな、やぁ、亮さんの手ぇ……あはぁ、気持ちいいっ！」

滑る粘膜の表面に中指の腹で８の字を描いていく。決して爪など立てたりせずに、やさしく繊細にゆっくりと、いくつもの８の字を刻むのだ。

「んふぅ、んんっ、はうう……。あん、あぁん」

右の陰唇をあやしては、左の陰唇に移り、たっぷりと弄りつけては、また右側へと舞い戻る。

蜂腰がビクッと引かれては、快楽を求めるようにまたこちら側に突き出される。

セミロングの髪がふわりと揺れ踊り、亮の頬をくすぐるのが心地いい。髪から立ち昇る匂いは、極め付きにいいおんなの匂いであるだけに、亮の心も踊った。

「あん。いいの。気持ちいいっ！　亮さんの手を美咲、おま×こで感じている……」

超絶美女が似合わぬ淫語を吐く。けれど、その上品さは失われないから不思議だ。

「もっと感じさせてあげますよ。イッちゃって構いませんからね。美咲さん」

そう言い聞かせた亮は、美人看護師の股間に掌を覆わせたまま、小さく円を描きはじめる。膣口をティッシュに見立て、クシュクシュとやわらかく丸める手つきだ。

美咲が吹き零した蜜液が手の表面にまぶされ、ぬるぬると女陰表面をすべり擦る。

やさしく摩《さす》るだけで、ジーンと甘い電流が全身に広がるのか、美咲は瑞々しい女体がびくんびくんと艶めかしくのたうつ。

「あっ、あっ、それダメっ！　ひあん、あぁっ、いいっ!!」

亮は首を捻じ曲げ再び乳首に吸い付くと、わざと派手な水音が立つようにダイナミックに嬲った。

掌では、ぢゅぶちゅるるるっと肉花びらを巻き添えにして円を描く。すると、またしても蜂腰がぐぐっと持ち上がり、自らも亮の掌底《しょうてい》に股間を押し付けてくるのだ。

「だめぇっ……それダメなのぉっ……あんっ、ああんっ！」

潤いを増した粘膜の表面を今度は指先でやわらかくなぞっていく。悩ましくも派手な反応を示す箇所を見つけては、甘美な電流をさらに掻き立てようと弄り回す。

「くふんっ……あううっ……あ、ああっ……！」

縦割れに指先を忍ばせ淫裂をくつろげさせると、たちまち貴腐《きふ》ワインのような蜜の淫香が辺りに立ちこめた。

「うおおおっ！　いい匂い。美咲さんの、ものすごくエッチな臭いがします!!」

これ見よがしに牡獣が鼻を蠢かし、大きく息を吸い込んでいく。

「ああん、恥ずかしい匂い嗅がないでぇ！」

匂いフェチの美咲も甘く酸味の強い、自らの匂いを嗅ぎつけているはずだ。亮には芳香でも、彼女には顔から火が出るほど恥ずかしい匂いでしかないだろう。

「ほううぅっ！」

甲高く啼く美人看護師に、亮は肌が粟立つほどの興奮を覚えた。

「すごい、すごい、すごい。やわらかいマン肉をクシュクシュするだけで、美咲さんがこんなに乱れるなんて……」

亮は我を忘れ、嬉々としてはやし立てた。酩酊《めいてい》するかのような昂揚が、頭の中を支配している。

「あぁん、亮さんが悪いのよ。美咲を苛めるから……カラダに火がついたみたいに……あうっ……か、感じる……奥の方まで疼いちゃうぅぅ……っ！」

長い睫毛《まつげ》を恥ずかしげに伏せ、甘い美貌を切なげに歪める。

「はあっ……ああっ、いやぁっ！」

時がとまったような空間で、亮の手指だけが規則正しく動き、美咲の快美な陶酔を汲み取っていく。

「ダメぇ、もうガマンできない……亮さんに弄られて、こんなに感じてしまって……。ああ、美咲はもう……」

いくつになってもおんなは乙女だ。二つ年上の美咲がどれほど大人ぶっても、亮には判る。あられもない嬌態を人前に曝け出すことが、どれほど恥ずかしいか。けれど、いまの美咲には、そんな羞恥さえ官能のエッセンスになり果てている。

「美咲さん、今度は、おま×この中を擦ってあげますから、ちゃんとイクのですよ」

そう指図しながら中指と薬指を立て、淫裂の中に少しずつ埋めた。

狙うは、美咲のGスポット。ニュプッと膣口に侵入させてから、指先に全神経を集中させた。

二本の指にたっぷりと美咲の蜜液を塗りつけ、スムーズな挿入を心掛ける。

「あうぅ……あぁ、亮さんの指が挿入《はい》ってくる……」

「美咲さんのま×こ、熱ぅ……。おほぉっ、指先をきゅっと締め付けた。この締り具合がち×ぽを挿入《い》れた時に気持ちいいのですね。それに、ほら、短い襞がみっしりと生えていて指に絡みついてきますよ……」

あえて言葉にしながら膣中の様子を探る亮。

決して、焦って指を出し入れさせたりはしない。力任せにズボズボ擦っても、相手に痛みを与えるだけと判っているからだ。

「恥骨の裏あたり……指の第二関節がすっぽりと入ったこのあたりか……」

独り言のようにつぶやきながら、指の腹にちょっとざらついたものが触れるまで挿入をした。

「ひうぅ……あっ、ああ、し、痺れるぅ……お、おま×こ、痺れちゃう〜〜っ」

ざらりとしたポイントをやさしく指で押すと、すぐにあからさまな反応が女体に起きた。

快感電流に苛《さいな》まれ、美咲が腰を上下させる。その動きにも、決してポイントから指先が離れないように心掛け、押したり緩めたりを断続的に繰り返す。

「そ、そこが美咲のGスポットなのね……。あひぃっ、凄《すご》い、凄い、凄いぃっ」

看護師だけあって美咲もGスポットを知っていた。けれど、それは知識としてだけであり、自らのGスポットの在りかまでは把握《はあく》していなかったようだ。

「ああ、本当に気持ちよさそうですね。よかった。もっともっと感じてください。ボクの手マンで、イッてください！」

亮は、超絶美女の反応を注意深く観察しながら、その啼き処を開発していく。

次なる愛撫は、二本の指をまっすぐに伸ばし、膣壁にやさしく当てながら、ゆっくりとなぞるようにして膣口まで戻るのだ。

やさしく摩ったり、強弱をつけ圧迫したりを繰り返しながらも、ムリな刺激は加えない。

元々が器用であり繊細な感覚の持ち主でもある亮は、なんとしても美咲を絶頂させたいと、逸る気持ちを必死に抑えた。

「あうっ！　あんっ……。ああっ、美咲、もうダメっ……あっ、あっ、はあぁぁっ！」

愛らしい鼻にかかった声が、どんどんオクターブを上げていく。容《かたち》のよい乳房はぴんとその乳肌を張り詰めさせ、純ピンクの乳頭がにゅっと卑猥にそそり勃っている。

亮は首を捻じ曲げ、またしてもその乳首を口腔に捉え、舌先で舐め転がした。

「ああっ！　乳首も感じるわ……。もう美咲どうにかなりそう……あぁん、本当に……恥をかいてしまうわ」

乳首をちゅーっと吸っても、乳房に顔を押し付けてムギュッと押し潰しても、美しい唇から漏れ出すのは、官能に溺れる声ばかり。くちゅくちゅと淫裂内を二本の指でやさしく掻き回しても、すっかり慣れた女陰は悦ぶばかりだ。

「あはあっ……おうん、ぅふぅ……はぁっ、くぅぅ～っ！」

指に掻き出された淫蜜がどっと外に溢れ出し、亮の掌底に淫らな水溜まりを作っている。

しきりに小顔を左右に振っては、豊かな雲鬢《うんぴん》をおどろに振り乱している。その悩ましくも濃艶な仕草が、この上なく亮を興奮へと誘う。たまらずに乳首を歯先に挟み、コリコリにしこった尖りを甘く噛んだ。

もう一方の乳蕾を空いた手の親指と人差し指に挟みつけ、くりんくりんとこよりを結ぶように嬲りつける。

「あうんっ……！　あっ、あっ、それは……あぁっ、ダメっ、イッてしまう……！」

絶頂の予感が肉の狭間に兆したのか、超絶美女が身震いしながら甘く喘いだ。

女体全体がぶるぶるぶるっと派手に震え、美肌からは多量の汗がどっと噴きだし、膣口が激しく二本の指を食い締めている。

「ダメっ、ああっダメぇ、もっ、もう……イクッ……ああっ、いやぁっ……イッてるのにしないで……これ以上は……あっ、あっ、あああっ！」

兆した絶頂を確認しても、なおも亮は手マンを繰り出し、執拗に乳首もあやし続ける。

瑞々しい女体を激しくのたうたせて、二歳年上の超絶美女が愛らしく咽《むせ》び啼いている。

「ダメぇ、ダメなのぉ……。ひうん！　お、おっぱいもっ……ふぅ、あふぅん、おま

×こも……ねえ、もうダメなの……美咲、壊れてしまいそう……あぁぁ～～っ！」

しつこいほど念入りに、されどやさしさだけは忘れずに、くちゅくちゅくちゅんっと蜜壺を掻きまわしながら双の乳首をすり潰す。

官能的な呻き、悩殺的な女体のくねり、甘い顔立ちが、はしたなくよがり崩れる。

「美咲さんの乳首、クリトリス並みに敏感になっちゃいましたね。おま×こもこんなにぐちょぐちょで……。それに美咲さんのエロ貌《がお》、すごいです。そろそろ大きな絶頂が迫っていますよね？　早く、イッてください。美咲さんが本気イキしたら、イキま×こに、ボクのち×ぽを挿入しますから！」

「ほ、欲しい……。美咲のイキま×こに亮さんのおち×ちん欲しい……。あ、あああん……想像しただけで、おかしくなる……あ、ああ、美咲、イクぅ～～っ」

脳髄に蠱毒を吹き込まれ、その瞬間を想像したのだろう。妄想というプラスアルファの刺激が、かろうじて保たれていた超絶美女の我慢の限界を一気に越えた。

「あぁっ、イク、イク、イクぅ～～っ！　あはあああぁぁぁぁぁぁぁ～～っ！」

亮の胸板に美貌を埋めたまま、前屈み気味であった女体が大きく仰け反った。背筋で美しい弧を描いた美咲は、身も世もなく喜悦の劫火《ごうか》に身を焼かれ、巨大な絶頂の波にもみくちゃにされている。

引きつれるように背筋を反らし、細《ほ》っそりと尖った頤を天に晒し、発達した双乳を宙に弾ませて、媚麗な女体を艶かしく痙攣させている。

昇りつめた超絶美女は、あまりにも淫らで美しい。

「ああ、美咲さん、本当にイッているのですね……。こんなに全身を息ませて、淫らなアクメ貌……。なのに、ものすごくきれいだ……」

ついに美咲を絶頂へと導いた。その美しいイキ貌を拝むことができた。

わなわなとイキ震える女体を抱き締めるようにして支え、亮は心からの充足を味わった。

しかも、そのイキ乱れる美しさたるや亮の男心を容易くキュン死させてしまうほどなのだ。他方で、砂漠で水も持たずに歩き彷徨っているような狂おしい乾きにも似た性への渇望が亮の下腹部を苛んでいる。

「美咲さん、美咲……。あぁ、美咲が欲しいっ！」

力尽きて堕ちてきた極上女体をしっかりと抱きしめながら、亮はその耳元で切なく求愛をした。

7

「お願い。ベッドに連れて行って……。亮さんと結ばれるなら、そこで……」

深く静かな湖を思わせる漆黒の双眸に、無数の漣《さざなみ》が寄せるようにキラキラと煌めかせ、官能にむせび泣いている。

その美肌もまだ発情色に鮮やかに染まり、じっとりと汗ばんだまま艶めいている。昼日中に見せる涼やかな美しさとは異なり、美貌を蒸籠《せいろ》でしゅんしゅんと蒸されたように紅潮させ、つんと尖った頤で玉を結んだ滴《しずく》が、しっとりとした首筋や胸元の白肌に流れ、ムンと咽《む》せ返《かえ》るような色気を放っている。

それでいて亮に向けられた穏やかな表情は、天女のようであり、菩薩のようでもある。否、その貌こそ亮が探し求めていた女神さまそのものだ。

満ち足りて愛するものを見つめる眼差し。深い愛情と優しさを湛え、眩いモノを見つめるよう。それでいて女体のあちこちに、まだ絶頂の余韻がさんざめいているらしく、官能味にも溢れた表情をしている。

「ああ、見つけた。見つけたんだ……！　いま判りました。ボクがずっと探していた女神さまは、美咲さんだったんだ」

興奮と悦びを爆発させながら、嬉々として亮は腕の中の女体を軽々とお姫様抱っこに持ち上げた。

「あん」

短い悲鳴を上げながら、慌てて美咲の腕が亮の首筋にしがみつく。

肉感的でありながら想像以上に軽い女体。亮は雲の上を歩くような心持ちで、ベッドまで美咲を運ぶと、そこにやさしく横たえさせた。

バクバクと心臓が早鐘のように鼓動を早める。

亮は、大急ぎで身に着けていたTシャツとカーゴパンツを脱ぎ捨て、パンツも脱いで裸になった。

「美咲さん……」

感極まった声で、愛しい女神さまの名を呼び、亮もベッドに上がる。

シングルベッドだからすぐにふたりの体は密着した。

「あ、亮さん……」

蕩けた表情で超絶美女も、愛しげに名前を呼んでくれる。

「ああ、綺麗です……。あらためて正面から裸を見ると、やばいくらいエロいです！

見ているだけで興奮しちゃう!!」

うっとりとつぶやきながら亮は、美咲の腰高の伸びやかな脚にその手を這わせる。美脚を値踏みするように触ると、美人看護師はぶるっと女体を震わせた。

「ああ、ボク、脚フェチじゃないのに、この脚ならずっと触っていられそうです」

太ももの外側や、やわらかい内側の肉をひとしきり堪能したあと、ふくらはぎも念入りに触っていく。あまりの愛しさに亮は、超絶美女の足首を捕まえ、その足指の一本一本を口に含み、丹念にしゃぶり付けていく。

「ああ、ダメぇ。そんなところ汚いわ……。ダメよ、脚の指なんて不潔なのにぃ」

常に衛生に気を使う看護師らしい抗《あらが》い。少し、くすぐったくもあるのだろう。愛らしい足の指が、きゅっと丸められた。

「美咲さんに汚い所なんてありません。隅々《すみずみ》まで綺麗だし、どこもかしこもいい匂いです……。もっと、たっぷり舐めていたいけど、こんな刺激じゃあ物足りないみたいですね。イッたばかりですものね……。判りました。じゃあ、挿入《い》れますね!」

美しい女神と結ばれるには、正常位しか考えられない。その美貌をうっとりと見つめながら媚肉を味わいたいからだ。

「あん。物足りないだなんて思っていないわ……。でも、亮さんが欲しい。亮さんに抱かれたくて、美咲のヴァギナが疼いているの……」

「ああ、本当にエロいカラダなのですね。おま×こを、こんなにヒクつかせて。いまその疼きをボクのち×ぽで鎮めてあげます！」

美咲の捕まえていた足首をそのまま折りたたむと、できた空間に亮は陣取り、痛いほどに屹立した分身を黒い陰りの狭間に押し当てた。

「はううっ、あ、亮さんっ！」

充実させたヒップをびくりと震わせ、切なげな声で美咲が声を上げた。挿入がなされるものと待ち構えていたのだろう。けれど、亮の上ゾリの効いた分身は、その裏筋で鮮烈なピンクの媚裂を擦るばかりで、貫こうとしないのだ。

「ひふぅっ！　ああ、そんなところをおち×ちんで擦らないで」

剝き出しの女陰を平行に肉幹で擦りつけると、清楚に身を潜めていた肉花びらが引《ひ》き攣《つ》れるように震えてはみ出してくる。

「ボクのち×ぽと美咲さんのま×こをキスさせているのです。ああ、美咲さんのまん熱が伝わってくる！」

肉棒を嵌入させずに、幹の裏筋を浅く窪みに嵌めこみ、ずりずりと繰り返し擦りつける。

逸るあまり焦って肉棒を突っ込んでは、美咲に痛みを与える恐れがある。それを回避するため亮は、キスと称して美咲の蜜液を肉棒に馴染ませているのだ。

「やんっ。亮さん、わざといやらしい言い方を……あっ、ああんっ」

蜜口からクチュクチュと卑猥すぎるキス音が漏れ出した。

愛蜜が鈴肉によって散らされ、亀頭部や肉竿にたっぷりとまぶされていく。

「どうですか？　ち×ぽキス。気持ちいいでしょう？　これまでは、ま×こに嵌められて出し入れされるだけのセックスしか知らなかったのですよね？」

昂奮の色を隠そうともせず亮は、ふたつ年上の超絶美女に問いかけた。

「こんなエッチなキス、初めてよ」

あまりの恥ずかしさに顔を背けはしたものの、美咲はおずおずと小さく頤を頷かせ、その指摘を肯定してくれる。

「美咲さんのま×こ、可憐に咲いて蜜を振りまいています。すごく綺麗ですよ」

牡獣に女性器を品評され、美人看護師は耳まで赤く染めている。

「ああ。やっぱり美咲さんのま×こは、熟れているのですね……。入り口は小さくて窮屈《きゅうくつ》そうでも、こんなにヒクヒク蠢いて、ボクのち×ぽを引きずり込もうとしています」

その詳細な実況に、美咲は頬を真っ赤にさせている。

「ああん、亮さんのバカぁっ……。いいから、さっさと挿入《い》れて！」

急《せ》かされるまでもなく、亮は挿入角度に分身をあてがい直している。

ゴージャス極まりない女体から立ち昇る甘く熟れた牝臭が、亮の興奮をマックスにまで押し上げ、居ても立ってもいられないのだ。

「そろそろいい塩梅《あんばい》に緩んでいるので、挿入《い》れますよ」

「ああ、美咲は、本当に亮さんに抱かれるのね……いいわ、来てっ！」

夥しく室内に充満する美女フェロモン。いやらしくも美しいメリハリボディ。

頃合いと見た亮は、その興奮を隠そうともせず、ひくつく女陰の蠢きに誘われるように腰を前へと突きだした。

「あぁっ、来るのねっ、あはぁぁぁ〜っ！」

躊躇いなく牡獣は、その突端部を美人看護師の膣中にめり込ませる。

ズルンとカリ首に淫靡な手応え。野太い先端が帳を潜りぬけたことを知覚した。

「ああん、亮さん、凄いぃっ！　おま×こが拡げられちゃうっ！」

切なげに美咲は息を漏らしながら、咄嗟に蜂腰をくねらせた。逃げ出そうとしたわけではなく、あまりの質量とその熱に驚いたらしい。

危うく抜け落ちそうになったが、入り口の括約筋の縁《ふち》に亀頭カリ首が引っかかり抜け落ちはしなかった。

即座に、亮は腰のくびれに手を添え、その蠢きを封じると同時に、力強く引き付けた。

「ボクのち×ぽを全て受け入れるまで大人しくしてくださいね……。おま×この力も抜いてください！」

やわらかい口調で年上の超絶美女に指図すると、心なしか膣圧が緩んだ気がした。

「これで力を抜いているのですか？　物凄くキッキツなのですね。こんなにトロトロになっているくせに、ち×ぽが削られるみたいだ！」

数年前、美咲が、処女を喪失した時に感じたのと同じ異物感。それと同質の禁断の感覚を美人看護師は味わっているはずだ。

その証のように、美咲のヒップが小刻みに震えている。

しこたまに肉襞を擦られる快美感に、蜜腰が痺れ、勝手にお尻が震えだしてしまうのだろう。

「ああん。切なすぎるけど……。このまま奥まで来てっ。亮さんのおち×ちん、全て美咲の膣中《なか》に……」

「ありがとう、美咲さん。苦しいのにごめんね。でも、ああ、我慢できない。美咲さんの奥の奥まで、ボクのち×ぽで充《み》たしたいんだ」

美咲への独占欲と、やるせないまでの獣欲がどうしようもなく亮を支配し、腰の突き入れを急がせる。

彼女を慮る余裕も失い、ずぶずぶずぶっと一気に女陰を貫いていく。すでに一度アクメを迎え、女陰がしとどなまでに濡れそぼっていたことが幸いだった。お陰で闇雲な挿入にも、奥深くまで亮の分身を受け入れてくれるのだ。

「あっ、イクッ……あああああぁ～んっ！」

膣の最奥にまでめり込ませた亀頭部が、子宮口にこつんとぶつかった刹那、女体に凄まじい悦楽が噴き上げたのだろう。美咲は思わず喉を震わせた。

押し寄せる絶頂波は、軽くではあったようだが、二波、三波が次々と到達して超絶美女を翻弄している。

「ううっ、はあああああぁ……っ」

ぶるぶると慄く美咲の張り詰めた乳房を、亮は嬉々として掌に捕まえて、捏ね上げるように揉み解した。

「だ、ダメなのにぃ……。いきなり子宮口を小突かれたから、美咲イッてしまったじゃないっ！」

照れ隠しのように美人看護師が、可愛らしくも色っぽく亮を詰る。

ただ挿入されただけ、内側から押し広げられているだけで、あろうことか最上の悦びにまで打ち上げられて、甘くはしたない卑蜜をしとどに溢れさせている。そのことが美咲には、ひどく恥ずかしいらしい。

「美咲さん。ほら、キスさせてください！」

亮は顔を近づけ、美咲にキスをねだる。促され首を持ち上げた美牝の口唇を、若牡は力強く奪っていく。

ムムンっ！　と呻く朱唇をねっとりと堪能しながら、亮はぐいっと腰を捏ねた。

「ああ、本当に狭い……。締め付け具合も凄いから、余計に狭く感じる……。なのに、ああ、トロトロにやわらかいのだから不思議ですっ！」

狭隘な膣孔をほぐすため、亮は先端で孔揉みするように腰をグラインドさせる。

本来であれば、自慢の肉棒を媚肉に覚え込ませようと動かすことを自重するはずが、いまはそんな余裕はない。

「ぐはああ。美咲さんのおま×この中、気持ちよすぎです！」

美人看護師の女陰は、肉厚で奥深い上に、もっちりとやわらかい。それでいて、その肉壁には細かい粒々がみっしりと散りばめられていて、ごつごつザラザラした起伏が複雑にうねっている。しかも、その媚肉がただ締め付けてくるだけでなく、妖しい蠕動運動まではじめるのだから堪らない。

これほどの名器に根元まで包まれては、とてもじっとなどしていられないのだ。かつてないほどに昂り切っている自覚もあるから、なおさら長く持ちそうもない。

「ごめんね、美咲さん。ボク、そんなに長く留まっていられないと思う。でも、せめて美咲さんがイクのと同じタイミングで射精したいから協力してね」

やるせなく宣言すると、亮は律動を開始させた。

大きく腰を退かせてから、一気に打ち付けていく。

「あ、あんっ。亮さん……あうっ、ふんっ……いいわ。気持ちいい……。亮さんも気持ちよくなってて……あはん、美咲のヴァギナで満足してぇっ、あ、ああんっ！」

カリ首の露出するギリギリまで腰を引いては、子宮口めがけて深くめり込ませる。膣奥に潜む悦楽のポイントに的確に擦りつけようと、蜜路を大きく掻きまわすように抽送するのだ。

亮の抜き挿しに合わせ、美咲の蜂腰が浮き上がっては落とされして、律動の手伝いをしてくれる。

それも引き抜きに合わせて媚肉できつく締め付け、押し入るタイミングでは蜜腰を振って肉壁のざらつきを擦り付けてくるのだ。

「くおおぉおっ……。い、いいです。美咲さんのエロま×こ最高だっ！　と、溶けるよ。ボクのち×ぽが溶けちゃうッ！」

ゾゾゾゾッと亮の背中に鋭い性感が駆け抜ける。その悦びをぶつけるように亮は、前屈みになって唇に乳首を含んだ。

円筒形の純ピンクな乳首が、亮を誘惑するように勃起してツンと澄ましていた。

「はあああああぁっ。ダメぇ、ああ、乳首ダメぇ〜〜っ！　イッてしまいそうになるの。イクのなら亮さんと一緒がいいのにぃ……」

可愛い美咲の台詞に、亮の脳内で一足早く射精が起きた。

「美咲さん、なんて可愛いんだ。それに物凄くエロい……。美咲さんは何度でもイッて構いませんよ。きっと、そのイキ様がボクの射精も誘うはずです」

繊細な飴細工のような耳に、またしても亮は淫らな煽りを吹き込んでいく。同時に二人が繋《つな》がる股座に手指を運んだ。

「ほら、美咲さん。ボクにここを弄られて、イキ狂ってください」

やさしい口調でサディスティックな台詞を吐くと、蜜液をまぶした指先で、ルビー色に尖った小さな肉芽をちょんと突いた。途端に、包皮から牝芯がつるんと顔を覗かせる。

「はうんっ！　ああっ、ダメぇ……。いま、そんなところ触られたら美咲は……あっ、あっ、あああああああぁ～～っ！」

性神経の集まった小さな器官は、やさしく嬲ってやるだけで、それに見合わぬほど強烈な肉悦を引き起こす。半狂乱に女体が躍った。押し寄せる喜悦の大波に全身を揉まれながら、華奢な手が虚空にもがく。糸が絡まった操り人形のように闇雲に何度か空を切ったあと、亮の首筋にひしとしがみついた。

「ひあっ、あはああああああぁ～～っ！」

強烈に女陰がヒクつき亮まで道連れにされている。危うく打ち漏らしそうになるのを、奥歯を噛み縛りかろうじて堪《こら》えた。

「ダメぇっ。ダメなの。ああ、亮さんっ。そ、そんな所を弄られたら美咲はまた……はううううっ……イッ、イクぅ……ああっ、イクぅ～～っ」

ボロボロと涙を零し、全身が鴇《とき》色に染まるほど息む美咲。豊麗な女体のあちこちを硬直させ、苦しげにアクメを極めている。

美しくも凄絶な超絶美女のイキ貌に見惚れながら、亮は腰を微振動させた。

亀頭先端をぶるぶると膣内で細かく蠢かせ、押し付けた子宮口を甘く痺れさせる。

「あはぁ、ダメよ……ま、待って……イッてるのよ。亮さん。美咲はイッているの。はううっ……イッてる切ない子宮を擦らないでぇ～～っ！」

「止められません。美咲さんのイキま×こをもっともっと蕩けさせて、ボクから離れられなくするのです。美咲さんをボクのものに……」

切ない想いをぶつけながら腰で円を描き、美人看護師の腹にびく、びくんと派手な痙攣を誘発させる。

「安心してください。もう美咲は、亮さんのものよ……。こんなに淫らに恥をかいて、亮さんの精液まで欲しいと思っているのだもの……。そうよ。子宮に浴びたいの。ねえ、ください。美咲の子宮に亮さんの精液を呑ませてぇ」

またしても美咲の表情が、絵の中の愛しい女神さまとダブった。

まるで恋い焦がれた女神さまが、美咲の肉体に宿り、あられもなく亮の腕の中で身悶えているようだ。

震えがくるほどの悦び。もはや残された望みは、美咲に種付けしたい想いのみ。

「ありがとう。美咲さん。大切にしますからね。いっぱい、しあわせにします！」

同時に、じれったい程の掻痒感《そうようかん》、込み上げる射精衝動に、亮はずぶんと力強く超絶美女の奥深くを抉った。

「ほおおおおおおぉ～～っ！」

女性らしいやわらかな声質を、はしたないオホ声に変え、美人看護師が身悶える。

我を忘れるほどの喜悦に貫かれたらしい。

その淫らなまでのよがりようを視姦しながら、亮はかつて美咲を抱いた男たちの誰も到達したことがないであろう奥にまで挿入させ、重低音が轟くほどに子宮を叩いた。

「し、子宮に……響いてるぅ……そ、そんなに激しく突かないで……子宮が割れちゃう……あっ、ああっ！　イクっ、また美咲恥をかいちゃううぅ～～っ！」

もはや亮の抜き挿しに、遠慮会釈などない。自らの快楽を追い、ひたすら巨大な肉棒で膣肉がめくれあがるほど突きまくる。

対する美咲も必死で蜜腰をクナクナとくねらせ、真空状態にした膣筒で切っ先を吸い上げてくる。

「ぐはあああ、み、美咲さん……なんてエロい腰使い……。なんて使い心地のいいエロま×こ！　ぐわあああ、さ、最高です！　超気持ちいいよぉ～～ッ！」

既に亮の脳はピンクの霧に覆われ、ひたすら射精だけを命令している。

激しい男とおんなの睦《むつ》みあいに、衝撃を受け止めきれないシングルベッドが激しくギシギシと軋《きし》んでいる。

「ボクの濃厚な子胤で美咲さんのま×こを溺れさせます。ぐぅうっ、美咲さんも、しっかりとボクのち×ぽを搾ってください！」

「は、はいっ。ヴァギナを精いっぱい搾りますから、亮さんの子胤、は、早くっ……あぁっ、ぃイクッ、美咲またイクぅぅ～ッ！」

凄まじい亮の射精衝動に揺さぶられ、カラダと心を蝕《むしば》まれた美人看護師は、ひたすら牝を晒し、シーツを握りしめながら蜜襞を搾らせている。

「美咲さん、射精《だ》しますよ。美咲さんの膣中《なか》に……。射精するボクとキスしてっ！」

とどめとばかりに渾身《こんしん》の一撃で、おんなを貫いた瞬間、がばっと女体に覆いかぶさり超絶美女を抱きしめた。

「ふぬうううううぅっ！」

抱き心地のいい裸身を堪能しながら、官能味溢れる朱唇をもぎ取り、その口腔内で雄叫びを上げる。

美咲が激しく美貌を打ち振りながらも立膝にした両脚で亮を挟み込む。同時に、夥しい雫を浴びせかけながら勃起を締め上げてくれる。より深いところで精液を浴びようと牝本能がそうさせるのだろう。結果、亮は凝結した精嚢をべったりと股座に密着させ、根元まで分身を呑み込ませて果てることができそうだ。

（ああっ。なんて淫らなおま×この締まり具合っ！　女神さまが、美咲さんがボクのモノになったんだ。ぐわあああ、イクッ。射精《で》るうううぅっ!!）

脳内で雄叫びを上げながら亮は射精のトリガーを引いた。

肉塊そのものが爆発するかの如く内側から膨れ上がると、鈴口から夥しい量の精液を噴出させた。

びゅっ、びゅびゅびゅっ！　どぷん、こぽこぽぽっ！　と、激甚な音量が体内に響くのを亮と美咲は確かに聴いた。

「ふむうううぅっ。あ、熱いわっ！　亮さんの子胤、熱すぎるぅ～っ……あはぁ、子宮が焼け落ちる……。イっ、イクのっ、またイッちゃうの……熱いのを浴びて、美咲の子宮がイッちゃうの……あはぁっ、亮さぁ～んっ！」

新たな契《ちぎ》りを結んだ年下の彼氏に、膣内射精を赦した美咲は、牝の本能に貫かれ、散々にイキ乱れて咽び啼いている。強烈な多幸感に突き上げられたまま、容易に戻ってこられないのだ。

凄まじい高さにまで打ち上げられた分、空白の時間も長い。純ピンクに染まった美しいアーチをようやく解いた美咲は、ドスンと腰をベッドに落し、ドッと汗を噴き上げて、ぴくぴくと痙攣した。

「これからはボクのフェチは美咲さんです。美咲さんがボクの女神さまです。十年もこじらせた分、たっぷりと愛させてくださいね」

亮は、今一度美咲の朱唇をちゅちゅっと掠め取り、わななく女神を視姦して恍惚と蕩けた。

「愛してください。美咲を愛して……。何度でも、いつでも構いません。亮さんに愛されるの、美咲、嬉しいっ！」

再び超絶美女の腕が亮の首筋に絡みつき、ムギュっと抱き寄せられる。ボフンと落ちた亮の顔に、マシュマロ乳房を擦りつけてくる。

溢れんばかりの美咲の愛を感じられ、脳天がさんざめくほどの多幸感に包まれた。

亮は、射精したばかりの肉棒を美咲の膣中で嘶《いなな》かせ、甘く淫靡な空気に酔い痴れた。

終章

「どうです、対面座位は？」

手フェチというよりも接触フェチに近い美咲のために、互いの肉体をくっつけあったまま交わりあう対面座位をあえて選んでいる。

それも超絶美女に目隠しをさせ、触れられる感触に集中させてのまぐわいだ。

「ああっ、亮さんとこんなにくっついていられるの最高よ。キ、キスして」

あられもなくおねだりする美咲の美貌は、ひどく淫らであり、どこまでも美しい。

「美咲さんは、嵌められながらキスするのが好きですねぇ」

そうからかいながら唇から舌を伸ばし、美咲の朱唇を割り開いた。その一瞬の隙をつき「す、好きよ。最高に興奮しちゃうの」と、美人看護師が叫ぶ。

ぐっさり突き刺した肉棒に、媚肉がねっとりとまとわりついている。しかし、亮が休むことはなかった。超絶美女の女体を数センチ持ち上げては、そのまま落とす。

シングルベッドのクッションが交わる二人を弾ませる。

一度離れた肉襞が、慌てて極太の勃起にすがりついてくる。けれど、その力だけでは女体を留めることなど不可能で、結果、肉棒はずるずると女肉の奥底にめり込んでいく。互いの唾液を交換しながらこれをやるのは、気を失いそうな気持ちよさだ。

「あはぁ……そ、そんな風にされると、美咲、変になってしまいそう」

「遠慮なくイッてください。でも、イクときは、ちゃんと教えてくださいね」

亮はまたしても美咲のヒップを両手で抱くと、上下に激しく揺さぶりはじめた。

「美咲さん。このまま三日三晩嵌めまくりましょう。こんなにカラダの相性がいいのだもの。きっとボクたちは結ばれる運命にあったのですよ」

美咲と結ばれて以来ずっと、彼女とは蜜月のような甘い日々を過ごしている。

いつの間にか、酷暑も勢いを衰えさせていた。けれど、ふたりの季節は、まだ熱いままだ。

はじめて結ばれてからこのひと月、己の欲望を満たすよりも、美咲に性的な悦びを与えることに愉悦を見出している亮だった。

それもこれも、ようやく見つけた女神さまを失いたくない一心なのだ。

正直、美咲がどこまで亮のことを思ってくれているのか、この先二人の関係をどうしようと考えているのか、全く判らない。それだけに亮としては、彼女を悦ばせることで歓心を得ようと必死なのだ。

　強面に似ず弱気で、いまひとつ自信も持てない亮の性格は、超絶美女をモノにしても相変わらずだ。

　とは言え二人は、隣人ということもあり、まるで同棲でもしているかのように暮らしているし、毎日のようにカラダを求めあっている。しかも、美咲は、こうして奔放に嬌態を晒してもくれるのだ。

「み、三日三晩だなんて……ほ、ほとんど毎日してるのに？　あはぁっ、んんっ！」

　蜜膣にある亮の軸線をずらされ、超絶美女がグンッと美貌をのけ反らす。反射的に迫《せ》りあげたヒップが、またすぐに力なく落ちてグニャリと尻頰はひしゃげる。ヌルッと亮の切っ先がおんなの内奥を抉り滑った。

「毎日じゃないです。美咲さんが遅番の時とかはできないし、早番の日も……。美咲さんがボクのち×ぽが好きなように、ボクも美咲さんのま×こが大好きです。だから、三日三晩こんなふうにセックスしたい。美咲さんがボクから離れられなくしたいのです！」

「あはぁ。美咲は、ここまで淫らな性癖を曝け出しているのだし、もうとうに亮さんから離れられないわ……。でも、そうね。ごめんなさい。仕事のせいで、亮さんを放ってばかりで……。いいわ。明日はお休みにしちゃう。三日三晩しましょう。どうぞ、亮さんのお好きに美咲を可愛がってぇっ」

亮の我儘《わがまま》な望みも、美咲は叶えてくれる。その独占欲が満たされて睾丸がヒクつく。イチャイチャした熱愛性交も悪くないが、美しい年上のおんなを服従させることも愉しい。

この見目麗しい看護師が、自分に導かれ奔放な性癖を晒してくれることは、たまらなく最高だと思うのだ。

「好きです。むふぅ……美咲さん。ほむんむむ……。愛しています」

舌をねっとり絡めながら熱い想いを告げると、彼女も想いを口にしてくれる。

「あふぅ、美咲もすき……ふむん。亮……さんが……すき……んむ」

接触フェチだけあって、絹肌のあちこちを軽く触られるだけで女体を火照らせ、ビクンビクンと淫らにくねまくる。

目隠しのおかげで、亮がどこを触ってくるのか見当もつかないためか、いつも以上に反応を艶めいたものにさせている。

「亮さんのおち×ちん、気持ちいい……」

亮は堪らない女体をみっしり抱きしめながら、間近にきた朱唇に何度も言わせる。

「奥まで、突いてください、もっと、もっとぉ……！」

対面座位で貫いたまま、ねっとりと長く密着女体を揺すり立て、何度も何度も淫らなセリフを搾り取る。否、それは単なるセリフではなく美咲の本音なのだから、亮を昂らせるに十分な熱が籠っている。

「あっ、あっ、あっ……。す、すき……ねえ、すきなのっ……！　ああ、いいっ。おま×こ気持ちいいっ、もっといっぱい、もっとして欲しい……っ！」

目隠しをつけた美女を貫いていると、まるで彼女を犯しているような気分になる。その倒錯感が激しい昂ぶりとなり、二倍も三倍も濃厚な交わりとさせるのだ。

「ああんっ……おち×ちんが、奥まで届いているわっ」

抱えあげた裸身が、亮の股間の上で舞った。宙に浮いた裸体をグッと引き寄せるたび、ズボッと一気に肉棒を奥に突きたてる。

軽い体重の割に肉感的な女体が木の葉のように舞い、やわらかな乳房が上下に波打つ。その度に、しこりきった乳首が牡獣の胸に甘く擦れていく。

「ああんっ……。もう、だめっ。美咲、また恥をかいてしまいそう」

色っぽく美貌を官能に歪め美咲が亮の首筋にしがみついた。自ら敏感になった乳房を押しつけ、甘い快楽を増殖させている。裸身の全てが蕩けてしまいそうな甘美に、超絶美女が本気のよがり泣きで若牡に訴えてくる。

「あんっ、ああんっ……。イキそうなのっ」

ヒップを抱えた亮の両手に力が入る。引き寄せる力を強め、結合を深くする。

「お口をください。亮さんっ」

美咲が甘え声で、牡獣にキスをねだった。

「おま×こにち×ぽを刺されるだけじゃ足りないなんて、美咲さんは本当にセックス好きなのですね」

息を荒げて言う亮の唇に、美咲の半開きになった朱唇が待ちきれないとばかりに吸いついてくる。トロッとした唾液を満した舌が差し入れられ、互いの口を激しく吸い合う濃厚なディープキスが交わされる。

石花美白の絹肌に包まれた腕が首筋に絡みつき、ツンツンにしこり切った乳首がたまらなく胸板をくすぐる。蜜液にしとどに濡れまみれた淫花が、肉棒をギュッと喰い締める。

どこもかしこもが極上と言える超絶美女が、濃艶な色香をまき散らしながら亮が与える官能に酔い痴れていた。

「あうう……だって美咲は、亮さんのものだからっ……。ねえ、呑ませて……亮さんの唾液を……いっぱい呑ませて……っ！」

求められるがまま二度、三度と大量に唾液を流し込むと、ミルクのみ人形のように美咲がコクリ、コクリと呑み干していく。同時に、下の唇にも精液が欲しいと言わんばかりに肉棒をキュウッと締めつけてくる。

「ずっと、こうしていたいです。美咲さんとつながったままで——」

甘く囁きながら亮は美咲と指と指を絡めあった恋人つなぎに手を結んだ。

「美咲だって、離れたくない。もう、亮さんなしではいられないわ」

うれしいセリフに、亮の肉棒は熱く脈動しながらやるせなく放精の瞬間を待ちわびる。

（何度でも復活できる。大好きな美咲さんのエロま×こなら……！）

確信めいた思いを抱き、亮は射精衝動に身を委ねた。

応じるように若い遺伝子を求め、二十七歳の女肌が匂い立つ。敏感な茎先に、欲しがり牝孔の襞肉がさらに強く絡みついた。

「ボクも離れられない。ああ、だけど、いまはもう我慢も限界です。射精したくて気が狂いそう！　ねえ、美咲さん、おねだりして！　膣中《なかだ》に射してくださいって」

ぐいっと下から腰を突き上げ、愛液のたっぷりと詰まった襞窪を圧してやる。ビクンと女体が切なげに蠢くのは、下肢に鋭い電流が走ったのだろう。やわらかく熱い媚肉が艶めかしく蠢いている。

「んふぅぅぅっ……。だ、射《だ》して……美咲の膣中《なか》に射精《だ》してください！」

従順にも美咲が、色っぽくも慈愛に満ちた表情で膣内射精を懇願する。理知的で賢い年上のおんなを服従させる悦びは、何度味わっても格別だった。

「もっと！　もっと言って！」

「あぁ、射精《だ》して……中出しして ぇ……っ」

悩ましい表情で懇願する超絶美女に、さらに淫語を求める。

「ボクの精子、どこに欲しいのですか？」

蜂腰を持ち上げては女体を落とし、ベッドのクッションも利用して裸体を小刻みに上下させる。

「美咲の一番奥に……あはぁ、子宮に浴びせてっ!!」

ついには、促さずとも切なげに、うわごとのように淫らな言葉を紡ぎ出す。

「亮さんに、たくさん……美咲の膣中《なか》に射精《だ》してほしいのぉ……！」

凄まじい色香を発散する美咲に、たまらず亮は大腰を使い、裸体を乱暴に上下に揺すりたてる。パワフルな腰の躍動に、美人看護師の白くたわわな双乳が、尖った乳首を牡獣の胸に擦りつけながらタプタプと上下に揺れ弾む。

「あうッ、あううッ……あうッ、あううッ」

おんなの最奥を荒々しく捏ね回され、美咲の身悶えが一段と激しくなった。情熱的な抜き差しの連続に、あんッ、あんッと悩ましい啼き声を噴き零す。

「ダメぇッ、あぁダメぇッ……。あはぁっ、そんなに激しくしちゃ……ダメぇぇッ！」

次々と襲い来る官能に、超絶美女がおどろに頭を振っている。その激しさに、目隠しが大きくずれ、濡れ潤んだクリっとした大きな眼が現れた。

けれど、その眼は、焦点を失い淫靡な輝きを見せつけるばかりだ。

堪えても堪えきれない喜悦を嚙みしめた看護師の美貌は、汗に光ってこの上なく色っぽい。うねりくる官能の大波に呑まれて、もう何も考えられなくなっているのだろう。容《かたち》のいい唇が妖艶にわなわなと震えている。

「色っぽい顔して。美咲さん。もう降参ですか？」

烈しく揺すりたてながら亮に尋ねられても、忘我の淵《ふち》にいる美咲は、火のような息を激しく吐くのみ。

「はううぅッ！　はぁ、はぁ、はぁッ、いいわ。よすぎて狂っちゃいそう……」

ここぞとばかりに亮は、超絶美女をベッドの上に仰向けに横たえさせ、正常位に上から覆いかぶさった。

男はおんなを組み伏せて射精することで征服欲を満たし、おんなは上から圧迫されることで安心感を得る。

「さあ、美咲、射精《だ》すよ。美咲のま×こに、いっぱい射精《だ》すからね」

愛しいおんなを呼び捨てにして、もはや抗うことなど不可能な射精衝動に身を委ねる。律動を再開させ、激しい腰遣いで自らの限界を追い詰めるのだ。

「あっ、ああん、ダメッ、奥を、そんなに突かれると、美咲、本当にダメになっちゃううぅっ！」

愛液の溜まる襞窪を牡茎で圧しては、鋭く媚肉を掘り返す。

ビシッビシッと肉音も高く腰を叩きつけ、ズンッズシンッと腰骨に響く衝撃と共に花芯を抉り抜く。

「あひいっ、イッちゃうっ……ああっ、美咲、イクっ、あはあああぁっ」

次から次へと押し寄せる快美な絶頂に美咲は激しく顔を振りたて、息つく暇《ひま》もなく兆しきった声をあげて身悶える。

その妖しいイキ様をしっかりと目を焼き付けた亮は、最後の激しいピストンをはじめる。

無意識なのだろう美咲も淫らな腰遣いで、肉棒の刺激を自ら求めている。

「ああっ、痺れちゃう、亮さん、いいの。ああっ、こんなの凄すぎちゃうぅ……っ！」

超絶美女のふしだらな腰つきは、これまで攻める一方だった亮を一気に崩壊へと導いた。

「ぐわぁ、美咲、そんなにされたら……っ。ああっ、ボクも限界だ。一緒にイクよっ、美咲のおま×こに射精《だ》しちゃうっ！　ぐおおぉ、みさきぃぃ〜〜っ!!」

中出しを宣告された途端、またしても美咲に大波が襲う。それも今味わったばかりの大波より、さらに高く大きな波だ。

「ああっ、きてる、射精《で》ています、亮さんの子胤が……。ああっ、うれしいっ!!」

自らの子宮に最愛の男の精液が当たるのを感じ、またしても絶頂する美咲。膣粘膜が、放出に呼応して、亮の肉棒に絡みつき、さらに絞り出そうとしている。しなやかな美脚が亮の腰に巻き付き、締め上げる。

若牡も甘く汗ばんだ美人看護師の肢体をこれでもかと抱きしめ、子宮口を突き上げるように亀頭を密着させ、二度目三度目をドドッと誘爆させていく。

至高の射精だった。まるで陰茎も亀頭も全てが爆発したような感覚で体液をぶちまけた。極上のおんなに種付けする悦びが、多量の精液を生産させ送り出させているのだろう。

征服感と達成感が亮の全身を痺れさせ、頭の中がピンクに染まっている。

ベッドの上、最愛の超絶美女は駆け上がる快美の波に翻弄されながら、子宮に亮の精を受ける悦びに身を震わせているのだ。

互いにきつく抱きしめ合いながらの体液交換に、亮は涎を垂らしながら放心している。ただ性器だけを拍動させ、美咲の一番深いところに己が体液を染みこませる。

まだ射精が続いている。おんなのカラダにしがみつき、腰も陰部もこれ以上なくみっちりと合わせて、無遠慮に粘る濁液をひり出している。

満足と多幸感に亮は股間を震わせる。震えてさらに陰茎から精液をひと噴射し、美咲の無防備な子宮口に塗りつけるのだった。

熱い情事のインターバルに、亮が飲み物を取りに行くと、何を思ったのか美咲が例の絵の前に佇んだ。

眩いまでの裸身を惜しげもなく晒したまま細密画をまじまじと見つめている。

その姿は、まるで絵の中の美女と合わせ鏡のよう。

（ああ、やっぱり美咲は、女神さまそのものだ。もしかして、ボクのために絵の中から抜け出して来たとか……）

その満ち足りた想いに胸を熱くしていると、ふいに美咲がこちらに顔を向けた。

「ねえ、亮さん。私、もしかしたら、このサインを読めるかも」

亮が何度も解読を試みて判らなかった画家のサインを、美咲は読み取れると言うのだ。

「えーと……。うの……たけし……かしら？」

自信無さげに呟く彼女に、亮はスマホでその名を検索してみる。

すると、いとも簡単に〝卯野武士〟の名がヒットした。

いくつかの作品の画像も検索され、その作風に間違いないと思われる。

その画家を解説するサイトを美咲が見つけた。

「夭折《ようせつ》した天才画家で、その作品を見たほとんどの男性が、『自分の恋人に似ている』という感慨を抱くのですって……」

その解説に亮と美咲は、互いの顔を見合いひとしきり笑った。道理で亮が菜々緒や亜弓に、絵の中の女性に似ている、という印象を持つはずである。

種明かしをしてみれば、一人の天才画家の才能に導かれたものだったのだ。

「ねえ。美咲。もうボクのフェチは美咲だから、そんなことどうでもいいや。それよりも、また美咲を抱きたい。ほら、またボクのち×ぽ、こんなになっているよ」

「なにもしてないのに、もうこんななの……？」

呆れた口調ながら蕩けた表情で、超絶美女が牡獣の肉棒に手を伸ばしてくる。

「うおっ！　み、美咲っ!!」

「三日三晩してくれるのでしょう？　美咲がこのおち×ちんを、もっと元気にしてあげるぅ」

躊躇いなく咥えて「あふん」と鼻で喘ぐ。舌を絡めながら残滓《ざんし》を啜り、何度も喉を鳴らす。

見下ろすその美貌は、うっとりと頬を緩ませている。

上品で整った口唇は、今や男の肉を貪るための淫靡な器官と化していた。

唇が、舌が、そして歯が生き物のように猥褻に蠢き、ペニスに絡みついては、舐めまわして吸いつくす。「ウフン、ウフン」と艶めかしい鼻声を漏らし、懸命に男のものを咥えている姿は、たとえようもなく色っぽい。

美咲の口淫奉仕を受けながら、次はこの超絶美女をどうやって啼かせようかと、しきりに考えている。

（ああ、またボクはこじらせている。でも美咲フェチをいくらこじらせても構わないよな。美咲自身がそれを望んでくれているのだから……！）

すっかり屹立した肉棒に満足した美咲は、今度は四つん這いになり、積極的に亮を挑発しはじめる。

「ねえ……亮さんのせいで、もう美咲のヴァギナは、びちょびちょになってるでしょう？　見えるよね？」

またしても自分が美咲と一つになると思うだけで、強烈な射精衝動が込み上げる。

もちろん、いま射精をするわけにはいかない。もっともっと美咲を味わいたい。

こうしているだけでも、根元から熱いものがこみあげてくる。叫びだしたくなるほどの熱い想いを抑え、牡獣は超絶美女の媚尻に近づいていく。

このまま腰を突きだして、美咲の女陰に肉棒を突っこむのだ。

早く！　ああ、早く……。


（了）

※本作品はフィクションです。作品内に登場する
団体、人物、地域等は実在のものとは関係ありません。

こじらせ美女との淫ら婚活

〈書き下ろし長編官能小説〉

2023年7月25日初版第一刷発行

著者……………………………………………北條拓人

デザイン………………………………………小林厚二

発行人…………………………………………後藤明信
発行所…………………………………株式会社竹書房
〒102-0075　東京都千代田区三番町8-1
三番町東急ビル6F
email：info@takeshobo.co.jp
竹書房ホームページ　http://www.takeshobo.co.jp
印刷所……………………………中央精版印刷株式会社

■定価はカバーに表示してあります。
■落丁・乱丁があった場合は、furyo@takeshobo.co.jp までメールにて合わせください。

好評既刊

長編官能小説
女子大ハーレム水泳部
河里一伸　著

水泳部の顧問になった青年は部員たちから淫らに誘惑され…。真夏の日差しに飛沫が光る青春ハーレム水着ロマン。

803円

長編官能小説
ぼくの居候ハーレム
九坂久太郎　著

大学に進学した青年は、かつて恋した未亡人が嫁いだ豪邸に下宿するが、密かに誘惑され…!?　地方誘惑エロス。

803円

次回刊行案内

書き下ろし長編官能小説
義母と隣り妻とぼくの蜜色の日々
桜井真琴

注目の作家が描く禁断新生活エロス
2023年7月31日発売予定!!

麗しの義母と奔放な隣家の人妻…ダブルの甘い誘惑！

803円